Judith Hermann

# Lettipark

Erzählungen

S. FISCHER

Erschienen bei S. FISCHER

© 2016 S. Fischer Verlag GmbH, Hedderichstr. 114,
D-60596 Frankfurt am Main

Satz: Dörlemann Satz, Lemförde
Druck und Bindung: CPI books GmbH, Leck
Printed in Germany
ISBN 978-3-10-002493-0

*Für Christiane*

# KOHLEN

Am Morgen waren die Kohlen gekommen. Wir waren früh aufgestanden und hatten das letzte Holz in den Ofen gelegt, wir hatten mit den Händen in den Jackentaschen frierend vorm Haus auf der Straße im Morgennebel gestanden und unseren weißen Atemwolken zugesehen. Die Kohlen kamen pünktlich, wir hatten den Kipper durch die schmale Gasse zwischen der Scheune und dem Traktorschuppen gewinkt, so weit wie möglich ran an den Stall, in dem schon seit Jahren kein Tier mehr gewesen ist. Die Briketts waren aufs Wintergras geprasselt, ein großer Haufen, gute Kohlen, kaum Bruch dabei, und der silbrige Kohlenstaub war in die Luft gestiegen.

Wir hatten den Vormittag damit verbracht, die Kohlen von der Wiese in den Stall zu schippen. Sieben Tonnen Kohle, wir hatten Schaufeln und Forken, und wir bildeten anfangs eine Kette, aber dann schien das sinnlos zu sein, und jeder arbeitete für sich alleine weiter. Der Nebel löste sich auf, und die Sonne kam raus, in den kahlen Ästen der Sträucher ließen sich vorsichtige Vögel sehen. Gegen Mittag machten wir eine Pause. Wir kochten Kaffee und setzten uns auf die Schwelle der Stalltür, die von den Schritten der Leute, die vor Jahrzehnten nach ihren Tieren gesehen hatten, ganz abgetreten war. Wir tranken den Kaffee und sprachen darüber, wie lange dieser Vorrat an Kohlen reichen würde. Sieben Tonnen – sieben Winter? Wir sagten, kommt auf den Winter an, und wir erinnerten uns an den letzten, der unwirklich kalt und lange gewesen war, ein Eiswinter mit Schnee bis in den Mai hinein. Wir verglichen den jetzigen mit den vergangenen Wintern, und wir sprachen über mögliche Anzeichen, die Borke der Bäume war in diesem Jahr besonders dick, und es hatte mehr Nüsse gegeben als in den Jahren zuvor, wir sagten, vielleicht würde dieser Winter noch kälter werden als der letzte. Aber mit diesem Vorrat an Kohlen konnte uns nichts passieren. Mit sieben Tonnen Kohlen im Stall waren wir in Sicherheit.

Wir hatten den Kaffee ausgetrunken und den Kaffeesatz ins Gras geschüttet. Wir saßen noch einen

Moment auf der Schwelle, die Arbeit war fast getan, es lagen nicht mehr viele Kohlen draußen, nur noch ein Halbkreis, wie ein Wall um uns herum. Durch das Tor zur Straße, das wir hinter dem Kipper noch nicht geschlossen hatten, kam Vincent mit dem Rad auf den Hof gefahren. Vincent war vier Jahre alt, soweit wir wussten, wurde er bald fünf. Er kam mit Schwung um die Ecke, und er sah uns sofort, und er rollte mit dem Rad durch die Gasse zwischen der Scheune und dem Traktorschuppen auf uns zu und stoppte vor dem Wall aus Kohlen. Er hatte eine grüne Jacke an und einen ordentlich geknoteten Schal, er trug eine Mütze, und er hatte keine Rotznase. Er blieb auf dem Rad sitzen und stützte sich mit verschränkten Armen auf den Lenker, als wäre er nicht vier, sondern fünfzehn Jahre alt.

Er sah uns an und sagte, was macht ihr. Selbstverständlich. Er sagte das sehr selbstverständlich, und wir sagten, wir warten schon auf dich, wir schippen Kohlen, du kannst uns helfen.

Im letzten Winter war Vincents Mutter gestorben. Vincents Vater hatte sich von ihr getrennt, und sie hatte darüber zuerst die Nerven verloren, dann war sie krank geworden. Oder es war umgekehrt, sie war zuerst krank geworden und hatte dann die

Nerven verloren, das war aber einerlei, weil es durch ihren Tod auf dasselbe hinausgelaufen war. Sie hatte eine Grippe verschleppt, und dann war ihr Herz angegriffen gewesen, und sie hatte davon einen Schlaganfall bekommen, dann noch einen und einen dritten, und schließlich hatten sie aufgehört, ihre Schlaganfälle zu zählen. Sie hatte drei Monate im Krankenhaus gelegen, am Ende war sie blind, konnte nicht mehr sprechen und nur noch den linken Fuß bewegen; die Ärzte hatten ihre Gehirnströme gemessen und waren der Meinung gewesen, sie wäre auf eine geheimnisvolle Weise immer noch da, und sie nannten diesen Zustand das Insichselbereingeschlossensein. Vincents Mutter hatte sich in sich selber eingeschlossen, als Vincent vier Jahre alt gewesen war.

Wir saßen in der winterlichen Mittagssonne mit den leeren Kaffeetassen vor dem Wall aus Kohlen. Uns war warm von der Arbeit, wir waren wach. Wir redeten mit Vincent, wir fragten ihn, ob ihn auf dem Weg zu uns nicht der Biber aufgehalten hätte, der Biber würde jedes Kind, das zu schnell auf dem Rad unterwegs sei, anhalten und dazu auffordern, langsamer zu fahren. Aber Vincent ließ sich nichts weismachen. Er sagte, ihr redet Quatsch, und er wurde so ärgerlich, dass wir aufhörten, auf diese

Weise mit ihm zu sprechen. Wir sahen ihn an, wie er so auf seinem Rad saß und ein bisschen vor und zurück rollte und uns vorschlug, seine kleine Schubkarre zu holen und dabei zu helfen, die letzten Kohlen in den Stall zu schaffen, er sah aus wie einer, dem eine unsichtbare Hälfte fehlte, er sah aber auch aus wie einer, der eine halbe Glorie um sich herum hatte.

Wir dachten an seine Mutter, die eine anziehende Frau gewesen war, groß und zerbrechlich, mit einer unnachahmlichen Weise, beim Gehen die langen Beine zu setzen, ungelenk, wie ein Fohlen. Sie hatte immer einen wehmütigen Eindruck gemacht, aber wir hatten sie auch toben gehört, und da war sie alles andere als hilflos gewesen. In den ersten Wochen ihrer Erkrankung hatten wir sie auf der Station, auf der sie lag, besucht, da war sie schon blind gewesen und hatte immer wieder gesagt, es ist so schade, dass ich eure schönen Gesichter nicht sehen kann.

Es ist so schade, dass ich eure schönen Gesichter nicht sehen kann.

Wir hatten nicht gewusst, dass unsere Gesichter für Vincents Mutter schön gewesen waren, und wir waren mit dem Eindruck nach Hause gegangen, dass man manche Dinge erst sagen kann, wenn sie unwiderruflich vorbei sind.

Vincent stieg von seinem Rad und ließ es los. Er nahm ein Stück Kohle in die Hand, drehte es prüfend hin und her, kam über den Wall geklettert, stieg zwischen uns hindurch und ließ es auf den Haufen in der Stallecke fallen. Er kam zurück und stützte sich beiläufig an uns ab. Als seine Mutter gestorben war, hatte er seinen Vater gefragt, wie lange der Tod dauern würde, sein Vater hatte uns das erzählt.

Vincent sagte, ich glaub, ich lass das mit der Schubkarre. Ich kann euch auch ohne meine Schubkarre helfen.

Und also standen wir von der Schwelle auf und vertraten uns die Beine, wir hielten uns das Kreuz und streckten uns in der Wintersonne, und dann machten wir weiter. Wir schafften den Rest der Kohlen in den Stall, wir bildeten doch wieder eine Kette, und Vincent half uns. Seine Mutter hatte uns gezeigt, dass man an der Liebe sterben kann. Sie war der lebendige Beweis dafür gewesen, dass man an einem gebrochenen Herzen sterben kann, sie hatte sich aus Liebe in sich selber eingeschlossen. Es war eigenartig zu denken, dass das Vincents ganzes Leben bestimmen würde, und wir nahmen die Kohlen aus seinen kleinen schmutzigen Händen entgegen wie Hostien.

# FETISCH

Als Ella vom Fluss zurückkommt, brennt hinter dem Circuswagen ein Feuer, aber Carl ist nicht zu sehen. Möglicherweise ist Carl schon wieder abgereist. Das Feuer ist sehr ordentlich, sorgfältig gegeneinandergestellte, gleichgroße Holzscheite, es qualmt nicht, brennt sauber und wird noch eine ganze Weile brennen. An den Rand der Feuerstelle, ein Kreis aus Feldsteinen, die von der Asche weiß geworden sind, hat Carl frisches Holz gestapelt, die Schnittstellen sind hell, das Holz ist leicht. Daneben liegt Reisig. Auf dem Klappstuhl an der Feuerstelle eine Decke.

Der Circuswagen ist alt, rot und blau gestrichen, die Farbe blättert ab. An der schmalen Seite führt eine Treppe zur Tür hoch, zwei Fensterchen gehen auf die Wiese raus. Um die Räder wuchern Disteln und verblühter Löwenzahn. Ella steigt die Treppe hoch und öffnet die Tür, möglicherweise hat Carl sich hingelegt; sie weiß, dass er sich nicht hingelegt hat. Das Bett ist gemacht und leer. Im Wagen ist es warm, Carl hat auch den Ofen geheizt. Die Einrichtung ist einfach, ein Klapptisch, zwei Stühle, von denen einer draußen am Feuer steht. Der Ofen in der Ecke, die Wäscheleine von einer Seite zur anderen und auf dem Bord über dem Bett ein einziges Buch, ein zerlesenes, zerknicktes »Totenschiff« von Traven. Ellas Koffer neben der Tür. Carls Rucksack ist nicht da, aber das hat nichts zu bedeuten, er nimmt den Rucksack immer mit, er lässt ihn nie aus den Augen.

Ella lehnt eine Weile an der geöffneten Tür und sieht in den Wagen hinein. Im Ofen zieht der Wind. Im Netz über dem Klapptisch wartet eine Spinne. Es riecht nach ihnen beiden. Sie macht die Tür wieder zu, steigt die Treppe runter und setzt sich auf den Klappstuhl ans Feuer. Weit weg, im Haus hinter der ungemähten Wiese, brennt schon Licht, die anderen Circuswagen, in einer Reihe, mit Abstand zueinander aufgestellt, sind dunkel. Als Carl und Ella am Mittag angekommen waren, war eine klapperdürre, bis zum Hals tätowierte Gestalt in einem Sari von der Treppe des Circuswagens neben ihrem hochgeschreckt und ins Wageninnere geflohen, als hätten sie sie bei einer elementaren Beschäftigung gestört; die Tür ist verschlossen, über der Tür dreht sich etwas im Wind, das mit Federn und Ästen geschmückt ist und von weitem aussieht wie der Totenschädel eines Tieres – ein Frettchen? Eine Ratte, ein Wiesel. Das Feuer zischt. Ella kann vom Fluss her die Vögel hören, das harte Schlagen ihrer Flügel. Graugänse, sie hatte sie auf ihrem Weg zum Fluss runter an den Uferwiesen aufgescheucht, und sie waren in Schwärmen hochgestiegen und zeternd und rufend über dem Wasser gekreist. Auf der anderen Flussseite war das Land wild und unbewohnt. In der Ferne ein Turm. Keine Menschenseele. Der Fluss war schnell, in seiner Mitte voller Wirbel und Strudel. Es war schon zu kalt gewesen, um ins Wasser zu gehen. Sie war eine Weile flussabwärts gelaufen, dann zurückgekehrt.

Also bleibt sie einfach am Feuer sitzen. Sie wird auf gar keinen Fall ins Haus rübergehen, zu den anderen rübergehen, sie kennt die anderen überhaupt nicht, diese Leute sind Leute, die Carl kennt. Er hatte Ella den anderen vorgestellt, eher knapp, er hatte es ihr selbst überlassen, sich dazuzusetzen oder wieder zurück zum Wagen zu gehen. Die klapperdürre Gestalt, von nahem besehen ein Mädchen, und ihre Tätowierungen stellten einen Schwarm von Kugelfischen mit gesträubten Stacheln dar, war unerwartet umgänglich gewesen, der extrem große Mann, dem Haus, Wagen, Wiese gehörten, auch. Leute mit einer intensiven Art, einen anzusehen. Leute mit Augen wie heiße Kohlestückchen. Barfüßige, braungebrannte Kinder, Frauen mit Amuletten um den Hals und ein blinder Greis mit einem selbstgeschnitzten Zepter. Auf dem langen Tisch standen mit Steinen gefüllte Wasserkaraffen – Amethyst und Rosenquarz, das tätowierte Mädchen hatte Ellas Frage nach den Steinen beantwortet, an ihr vorbeigesehen und die Worte kühl und bedeutsam ausgesprochen. Regenmacher in der Zimmerecke, ein Schrein für Buddha über dem Herd. Zwischen den Birken vor dem Haus waren verblasste tibetanische Gebetsfahnen gespannt. Es gab überhaupt nichts dagegen einzuwenden. Aber Ella war trotzdem zurück zum Wagen gegangen, und jetzt wird sie am Wagen sitzen bleiben, sie hat das Gefühl, dass Carl das so wollen würde, und sie hat außerdem das Gefühl, dass er irgendwo in ihrer Nähe ist und sie beobachtet. Vom Haus aus beobachtet oder von einem der anderen Wagen oder von einem Versteck zwischen den Bäumen, den unordentlich gestapelten Holzmieten aus. Wenn sie alles richtig macht, wird er wiederkommen.

Als das Feuer fast runtergebrannt ist, legt sie von dem frisch geschlagenen Holz nach. Wie Carl gelegt hat – die Scheite aufrecht, schräg gegeneinandergestellt. Das erste Mal in ihrem Leben, dass sie ein Feuer am Brennen hält. Es geht besser, als sie gedacht hat, das Holz ist trocken und brennt leicht. Und trotzdem ist es schwierig, weil sie das Feuer nicht zu groß werden lassen will, sie befürchtet, wenn es zu groß wird, könnte sich jemand zu ihr gesellen, dieses Mädchen oder irgendjemand aus den anderen Wagen oder, im allerschlimmsten Fall, der Mann, dem Haus, Wagen und Wiese gehören; die Vorstellung, er könnte rüberkommen, gelassen und selbstsicher, in Filzstiefeln und mit einem Schafsfell über den Schultern, erfüllt Ella mit Unruhe. Es wäre unmöglich, mit ihm zusammen zu sein, wenn Carl wieder auftauchen würde. Sie weiß nicht, wann Carl zurückkommen wird, eigentlich weiß sie gar nicht, ob er überhaupt zurückkommen wird, aber wenn er zurückkommen und sie mit diesem Mann am Feuer sitzend finden würde – dem Feuer, das er für sie angezündet hat –, wäre das katastrophal. Also hält sie das Feuer klein. Groß genug, dass es sie wärmt, und klein genug, dass es niemanden auf sie aufmerksam machen wird. Niemanden außer Carl. Es gelingt halbwegs.

Es ist erstaunlich, wie dunkel es irgendwann wird. Es wird Nacht, und die Dunkelheit ist vollständig. Der Mond ist ölig, das Licht im Haus am Ende der Wiese ein scharf umrissenes Quadrat. Im Gras um den Wagen herum rascheln Tiere, und der Wind geht in die Bäume und lässt die Äste knacken. Ella meint, eine Tür im Haus klappen, Autos abfahren zu hören. Sie schlägt die Decke auf und wickelt sie um sich herum. Sie hört den Jungen nicht kommen, aber plötzlich ist er da. Er steht an der Feuerstelle, Ella gegenüber, und sein Gesicht sieht, von unten beleuchtet, im allerersten Moment räuberisch aus. Dann erkennt sie ihn, sie ist ihm am Nachmittag schon begegnet, er gehört zu jemandem aus den anderen Circuswagen, ein Reisender, so fremd hier wie sie selber. Er ist vielleicht sieben Jahre alt, sie kann das Alter von Kindern schwer schätzen, aber sie denkt, dass er um diese Zeit in einem Bett liegen, schlafen sollte.

Wie spät ist es denn?

Sie sagt das anstelle eines Grußes, und er zieht die Schultern hoch.

Sie sagt, willst du dich zu mir setzen, und er nickt, und sie geht und holt den zweiten Stuhl aus dem Circuswagen; offenbar hat ihr Feuer die richtige Größe für einen kleinen Jungen gehabt. Sie stellt den Stuhl neben ihren, und er setzt sich.

Seine Beine baumeln knapp über dem Boden. Er sieht sofort und ernsthaft ins Feuer, als könnte es ausgehen, bevor er es richtig wahrgenommen hat, oder als befürchte er, Ella könnte ihn wegschicken, wenn er nicht richtig ins Feuer schauen würde. Es ist deutlich zu merken, dass er, im Gegensatz zu ihr, schon an vielen Feuern gesessen hat. Er ist kein Problem für Ella. Ein Junge – ein kleiner Junge mit struppigen Haaren, in Hochwasserhosen und einem Kapuzenpullover, schmutzigen Turnschuhen ohne Schnürsenkel –, so ein kleiner Junge ist kein Problem für Ella, falls Carl zurückkommen sollte.

Dann löst er den Blick vom Feuer und sieht in den Himmel hoch. Er sieht den Circuswagen, er sieht Ella aus den Augenwinkeln an. Sie reden ein wenig miteinander. Der Junge fragt Ella, wie viele Sterne es gebe, seine Stimme klingt rau und kratzig, und er fragt in einem Ton, als wüsste er die richtige Antwort sowieso.

Also, wie viele Sterne haben wir noch mal.

Ella sagt, oh, keine Ahnung. Ich hab keine Ahnung. Unendlich viele?

Der Junge sagt bestätigend, da, über uns, sind schon mal tausend. Ungefähr tausend. Dann gibt's ja noch die Milchstraße.

Und schwarze Löcher, sagt Ella.

Ja, schwarze Löcher, sagt der Junge. Riesige, fette schwarze Löcher. Weiß kein Mensch, wie's dahinter weitergeht. Was da drinstecken soll.

Ella zögert, dann sagt sie, aber das Universum schläft ein. Wusstest du das? Es schläft ein, die Sterne werden ausgehen. Ganz viele sind schon ausgegangen.

Den Jungen scheint diese Aussicht wenig zu überraschen. Er nickt und schweigt eine Weile, dann hebt er einen Stock auf und stochert damit in der Glut. Er legt fachmännisch etwas Holz nach. Ella findet ihn ungewöhnlich ernsthaft, erwachsen schweigsam, aber sein Gesicht ist rund und noch sehr kindlich, er ist hübsch. Unmöglich, ihn nach seinen Eltern zu fragen. Nach einer Schule, nach Geschwistern, Freunden, irgendwelchen Dingen, die er gerne macht oder nicht gerne macht. Sie wartet ab, sie hat plötzlich das Gefühl, sie sollte an und für sich alles abwarten. Wenn Carl dabei wäre, könnte sie nichts abwarten, sie könnte den Jungen gar nicht beachten, sie wäre viel zu sehr mit Carl beschäftigt.

Der Junge macht eine Weile nachdenklich das Geräusch der knackenden Scheite nach. Piff paff. Piffpaff. Er legt den Kopf schief, zieht die Schultern hoch und hustet. Dann sagt er, willst du ein Bild haben.

Was für ein Bild?

Na, so ein Bild eben, ich hab's mal aus der Zeitung ausgeschnitten und will's verschenken, aber niemand will es haben.

Ella sagt, was ist denn darauf zu sehen.

Der Junge sagt, ich weiß es nicht.

Er sagt, soll ich's dir einfach zeigen, und als Ella nickt, steht er auf und läuft davon. Sie ist sich fast sicher, dass er nicht wiederkommen wird. Dass er einem anderen Erwachsenen über den Weg laufen und ins Bett geschickt werden, dass er über anderen Einfällen Ella, ihr Feuer, das Bild vergessen wird. Aber er kommt wieder, und sie fragt ihn nicht, wo er gewesen ist, wo das Bild gelegen hat – in einem Buch, unter einer Matratze, mitten auf dem Tisch in der Küche des Hauses, an dem alle anderen sitzen, und sie fragt ihn auch nicht, ob er Carl begegnet sei.

Der Junge kommt außer Atem wieder, als wäre er gerannt. Als hätte er seinerseits gedacht, Ella könnte sich mitsamt dem Feuer, dem Circuswagen, den zwei Klappstühlen in Luft aufgelöst haben. Er setzt sich wieder auf seinen Stuhl neben sie und wartet, bis sein Atem sich beruhigt hat. Dann zieht er aus der Hosentasche ein Stück Papier. Mehrfach geknickt, und er faltet es auseinander und reicht es Ella wortlos.

Sie beugt sich vor und sieht es sich an. Eine Fotomontage – Freuds Couch, vervielfacht und hintereinandergestellt, ein Bild aus einem Traum. Keine Bildunterschrift. Das Papier fühlt sich klebrig an.

Ella sagt, wie lange trägst du das denn schon mit dir herum, und der Junge sagt ausweichend, ach, ich weiß es nicht mehr. Ich glaube, schon ein paar Wochen. Schon eine ganze Weile. Du willst es jedenfalls auch nicht haben.

Nein, sagt Ella fest. Entschuldige. Ich will es jedenfalls auch nicht haben.

Es tut ihr leid, aber sie will es wirklich nicht haben. Sie denkt, er sollte es verbrennen. Und schließlich sagt der Junge das von sich aus – ich muss es verbrennen. Oder.

Ella sagt, das ist eine gute Idee. Das solltest du tun.

Sie gibt ihm das Foto zurück, und er knüllt es zu einer Kugel zusammen und legt die Kugel in die Glut, schiebt sie mit dem Stock in die Mitte des Feuers. Abgeklärt. Die Kugel flammt auf und schmilzt weg. Der Junge seufzt. Ella sieht ihn von der Seite an. War das sein erstes Opfer? Zum ersten Mal. Er wendet seinen runden Kopf langsam zu ihr hin, und sein Blick sucht ihren Blick mit einer erstaunlichen und eindringlichen Autorität.

Er sagt, du bist dran.

Der Morgen danach ist kühl. Windig und sonnig. Carl ist nicht zurückgekommen, und Ella wacht von der Kälte auf. Sie ist schlafen gegangen, ohne Kohlen nachzulegen, der Ofen ist aus. Sie stößt die Tür auf und lässt Licht in den Wagen. Sie zieht sich einen Pullover über das Nachthemd und setzt sich auf die Stufen der Treppe, ihr fällt ein, dass sie dasitzt wie die klapperdürre Gestalt am Tag zuvor, sie denkt, das kann schnell gehen. Der Wagen des Mädchens steht so still, als wäre er leer und das Mädchen fort. Das Feuer in der Feuerstelle ist erloschen, Ella und der Junge haben alles Holz verbrannt. Sie wird für den Fall, dass Carl auch heute nicht zurückkommt, für den Fall, dass sie trotzdem bleibt, neues Holz holen müssen, sie wird den Mann, dem dieses Universum hier gehört, danach fragen müssen. Unangenehm, aber nicht unmöglich. Was erwartet Carl? Die Antwort darauf ist wichtig, aber sie hat das Gefühl, die Antwort kann warten.

Die Sonne steigt schnell hoch über den Fluss. Der Junge kommt so leise wie am Abend zuvor. Er trägt einen Umhang aus Samt. Seine Bewegungen sind schläfrig, von einer verschleppten, erschöpften Schönheit. Er lächelt nicht, aber er stellt sich neben Ella an die Treppe, und sie hebt die Hand und berührt seine Wange und seine Haare.

Er sagt, wir fahren los.

Ella sieht ihm hinterher, bis er zwischen den Birken am Haus verschwunden ist. Die tibetanischen Gebetsfahnen flattern im Wind. Niemand sonst ist zu sehen.

## SOLARIS

Ada und Sophia wohnen während ihres Studiums zusammen. Sophia studiert Schauspiel an der Hochschule, Ada macht eine Ausbildung zur Fotografin. Sie leben zusammen in einer Zweiraumwohnung, deren Zimmer durch eine Flügeltür miteinander verbunden sind. Sophia bewohnt das linke Zimmer mit den drei Fenstern nach zwei Seiten, Ada das rechte. Das rechte Zimmer hat zwei Fenster, und Ada hat die Wände zum Einzug blau gestrichen. Sophia hat ihre Wände weiß gestrichen und sich zum Malern einen Hut aus Zeitungspapier gefaltet. Diese Tage, in denen sie die Wohnung renovieren, in Unterhemden und barfuß, Sophia rauchend, den Papierhut auf dem Kopf, Schlager aus dem Radio – tanze Samba mit mir, weil der Samba uns glücklich macht –, alle fünf Fenster sperrangelweit offen, und Sophia hatte nebenbei gesagt, hier bleiben wir, bis wir alt und grau und staubig sind. Bis wir Asche sind und alles vorüber ist. Ada! Das verspreche ich dir.

Irgendwer hat Ada und Sophia versichert, dass sie ganz und gar gleichklingende Stimmen haben; wenn das Telefon klingelt, Ada an den Apparat geht und jemand dran ist, mit dem sie nicht reden will, sagt sie, ach, das tut mir leid, aber Ada ist grade nicht da. Ich richte ihr aus, dass du angerufen hast, sie ruft dich dann zurück. O. k.?

Aber sie ruft nie zurück.

Bekommt Sophia Besuch von ihren Kommilitonen, breitet sie ein weißes Laken auf dem Boden ihres Zimmers aus und stellt Wein und Wasser und Gläser in die Mitte. Die Schauspielstudenten kommen am Abend, sie setzen sich an das weiße Laken, als setzten sie sich unter Birken ins Gras, Gras und Birken wachsen um das weiße Laken herum. Sie lehnen sich aneinander, sie trinken ziemlich viel, aber tatsächlich niemals zu viel. Ada bleibt in ihrem Zimmer. Sophia schließt nie die Flügeltür. Ada sitzt an ihrem Schreibtisch, sie kann die anderen sehen, und spät in der Nacht, wenn sie das Licht ausgemacht hat und in ihrem Bett wach auf dem Rücken liegt, hört sie sie singen.

Viele Jahre später hat Sophia ein Engagement an einem großen Theater, und Ada kommt zur Premiere eines Stückes, zur Premiere von »Solaris«. Sie lebt in einer anderen Stadt, sie hat geheiratet und zwei Kinder bekommen, sie sieht Sophia nur noch selten, aber sie telefonieren häufig, sie besuchen einander, sie schreiben Mails. Sie geben sich Mühe.

Sophia hat auch geheiratet und sich dann wieder scheiden lassen. Sie hat drei Töchter und ein nigerianisches Au-pair-Mädchen, und sie lebt mittlerweile in einer Wohnung, die so groß ist, dass man sich darin verlaufen kann.

Ada kommt mit dem Nachtzug. Sie hat Sophia gefragt, wann stehst du auf? Ich will dich nicht wecken, der Zug kommt um sechs Uhr morgens am Hauptbahnhof an, ich wäre dann schon um halb sieben bei dir, ist dir das nicht zu früh?

Aber Sophia sagt, sie stehe ohnehin jeden Tag um sieben Uhr auf. Die Kinder stünden ja schon um vier auf. Ada solle direkt vom Hauptbahnhof aus zu ihr kommen. Ohne Verzögerung, ohne Kaffee in irgendeiner schrecklichen Bude, ohne Umwege. Ohne Umweg, Ada, hat Sophia gesagt. Hör auf mich. Nimm dir ein Taxi.

Also steht Ada um sieben Uhr vor Sophias Tür. Sie klingelt kurz und vorsichtig, und Sophia macht natürlich nicht auf. Ada hat das gewusst. Es ist noch dämmrig, der Hausflur ist eine Galerie und zum Hof hin offen, im Hof rauschen die Blätter der Bäume dramatisch im Wind.

Vor der Tür steht ein Stuhl.

Er steht da wie für Ada hingestellt, wie ein Stuhl auf einer Bühne, und also setzt sie sich und wartet. Lauscht, hört dem Rauschen der Blätter zu und wartet darauf, dass Sophia aufwacht.

In diesen Tagen, in denen Ada Sophia besucht, hat Sophias jüngste Tochter Geburtstag, sie wird fünf Jahre alt. Sophia ist mit den Endproben beschäftigt, das Au-pair-Mädchen bereitet den Geburtstag vor, die großen Töchter sind in der Schule, Ada ist viel alleine. Es regnet von morgens bis abends, und sie verlässt kaum das Haus. Sie bleibt in Sophias großer Wohnung, in der sie sich bewegen darf, wie sie will, einzig das Zimmer des Au-pair-Mädchens, eine Kammer, bleibt ihr verschlossen. Die Zimmer gehen ineinander über, sie bilden einen Kreis. Ada geht von der Küche durch den Flur, durch die Zimmer der Töchter, ein Wohnzimmer, ein Ankleidezimmer, Sophias Schlafzimmer, ein Zimmer, in dem nur ein Sessel steht, ein Zimmer für eine Vase Gladiolen und eines mit einem phantastischen Bücherregal, und sie steht wieder in der Küche, in der das Au-pair-Mädchen, das sich Ada gegenüber verhält, als wäre es taubstumm, Papiergirlanden von einer Wand zur anderen spannt und Bowleschüsseln mit roten Beeren und Mandarinenschiffchen füllt. Die Fenster stehen offen wie damals, der Regen sprüht in die Zimmer.

Ada findet überall eine Spur aus ihrem gemeinsamen Leben. Ein Foto – der winterliche Blick aus Sophias Zimmer raus auf die graue Straße. Eine mit Pferdchen bestickte Bluse an der Kleiderstange. Eine Haarspange aus Perlmutt. Eine Haschpfeife. Ein Messer. Sie legt sich auf das Sofa in dem sonst vollständig leeren Wohnzimmer, sie liegt auf der Seite, die Wange auf den gefalteten Händen, sie ist so ruhig, dass sie das Gefühl hat, sie löse sich auf, sie vergesse fast, wer sie sei.

Am Abend des Geburtstages der jüngsten Tochter ist die Premiere von »Solaris«.

Sophia spielt Harey.

Aleksander spielt Kris Kelvin. Aleksander hat mit Sophia zusammen studiert, er war einer der Kommilitonen, die um das weiße Laken herumsaßen, vielleicht war er derjenige, der Ada damals am meisten überfordert hat – seine Gestalt, massig wie ein Gladiator, und der statuenhafte Schnitt seines Gesichtes. Sophia erzählt Ada beim Frühstück, dass Aleksander seine Frau betrügt und sich im

Internet unentwegt Pornos ansieht, dass er sich an den Tagen vor den Proben mit Frauen aus dem Internet am Bahnhof in heruntergekommenen Hotelzimmern trifft.

Sie sagt, er riecht nach Sperma, wenn er auf der Probe vor mir steht. Nach Schweiß und Sex und Sperma, nach dem Saft aus den erregten Geschlechtern von verschiedenen Weibern. Nach Fotzen.

Sie bereitet die Lunchboxen ihrer drei Töchter vor, während sie das sagt, sie verpackt Sandwiches und Kekse, sie wäscht kleine grüne Äpfel ab und schält Gurken und Mohrrüben, schneidet sie in Stückchen, sie sagt es unbeteiligt, sachlich, nahezu freundlich.

Nach Fotzen. Sie wiederholt das Wort, sie dreht und wendet es.

Aber als Aleksander am Nachmittag eines seiner Kinder zum Geburtstagsfest vorbeibringt, vor der Tür steht, sein Kind an der Hand und ein großes Geschenk mit einer rosa Schleife unter dem Arm, kann er das gut verbergen, findet Ada. Er riecht eigentlich nach Seife. Sein Gesicht ist klar und sauber, so wie früher, sein Ausdruck beinahe verwirrt.

Er stellt sich Ada vor, er sagt seinen Namen und gibt ihr die Hand, und Ada sagt, wir kennen uns schon.

Sie kann sehen, dass er versucht, sich zu erinnern. Dass er sich anstrengt.

Sophia ist die allerschönste Mutter, die ein Geburtstagskind sich wünschen kann. Die allerallerschönste. Sie trägt ein schmales Kleid und wunderbar gewebte silberne Strümpfe dazu, Ohrringe aus funkelndem Strass und die Haare streng und zugleich weich aus dem Gesicht gekämmt. Sie schwankt ein wenig auf hohen Schuhen, sie sieht feierlich aus und ernst, sie ist tapfer.
Es kommen dreizehn Kinder. Das Au-pair-Mädchen hängt die Jacken auf und stellt die Blumensträuße in Vasen, es verbindet den Kindern die Augen und verteilt Marshmallows unter alten Töpfen. Auf dem Parkettfußboden knistert das zerrissene Geschenkpapier, zerknackt Puffreis. Die großen Töchter haben sich in ihre Zimmer zurückgezogen und telefonieren. Die jüngste Tochter hat rote Backen und zittert vor Aufregung. Es gibt Schokoladenmuffins, mit Marmelade gefüllte Pfannkuchen, Erdbeertorte, Schlagsahne, Bowle und Windbeutel. Aleksander bleibt. Sophia macht eine Flasche Sekt auf, und sie stoßen miteinander an. Das Au-pair-Mädchen wendet endlich den Blick ab und rückt Stühle für die »Reise nach Jerusalem« zusammen. Ein Kind wird zu früh abgeholt, und es weint

bitterlich. Der Sekt ist eiskalt, und er macht den Nachmittag zu etwas, das Ada hinter den Ohren weh tut, an Stellen ihres Körpers weh tut, an denen sich, wie sie vermutet, das Glück versteckt.

Es gibt ein Gespräch zwischen Aleksander und Ada, an das sie sich später etwa so erinnert:

Aleksander sagt, und was arbeitest du. Was machst du heute.

Ich fotografiere, sagt Ada. Sie sagt es mit genau derselben Betonung, derselben unsicheren Haltung, idiotischen Unschlüssigkeit wie vor fünfzehn Jahren.

Ich fotografiere immer noch, ich versuche, davon zu leben, es geht ganz gut.

Was fotografierst du, sagt Aleksander. Sein Gesichtsausdruck ist nicht zu deuten.

Ada sagt, Menschen? Und Orte. Wasser. Eine Schale. Ein Kind. Ich kann's dir nicht beschreiben. Aber du kannst es dir im Internet ansehen. Ich hab gehört, du kennst dich da aus.

Ada weiß gar nicht, warum sie das sagt. Sie kann gar nicht glauben, dass sie das wirklich gesagt hat. Aleksanders Blick geht sehr schnell, sehr präzise einmal zu Sophia hin, der am anderen Ende des Wohnzimmers die Gastgeschenke aus den Händen gerissen werden, und zurück zu Ada.

Er sagt langsam, ja, da kenne ich mich aus. Du meinst, ich kann mir deine Fotos im Internet ansehen. Im Internet eines runterladen.

Dieses Gelächter, in das sie beide ausbrechen. Nach Luft ringend, mit erhobenen Händen. Was Ada betrifft, mit klopfendem, jagendem Herzen.

Ada darf bei Sophia bleiben. Das Geburtstagsfest mit Sophia und Aleksander zusammen verlassen, im Taxi durch den Regen ins Theater fahren, in Sophias Garderobe bleiben und zusehen, wie Sophia sich in Harey verwandelt. Wie sie sich von der Mutter eines Geburtstagskindes in Harey verwandelt, wie sie flüstert. Soll das heißen, dass ich unsterblich bin? Soll das heißen, dass ich – unsterblich bin. Die Regieassistentin klopft an und bringt einen üppigen Strauß weißer Rosen, sie bringt Premierentelegramme und Talismane, spuckt Sophia dreimal über die Schulter, achtet darauf, ihr nicht auf der Türschwelle über die Schulter zu spucken. Aus dem Lautsprecher über dem Schminkspiegel ruft die Inspizienz die Schauspieler auf die Bühne. Ada steht bei den Technikern, durch den geschlossenen Vorhang dringt das energetische, angespannte Raunen des Publikums. Die Bühne ist heiß. Die Gegenstände auf der Bühne sind entweder ungeordnet oder schon schwerelos, ein Feldbett, eine Kapsel, ein Schaltpult, ein Mikrophon, eine spanische Wand, eingehüllt in künstlichen Nebel.

Aleksander hat sich in Kris Kelvin verwandelt.

Er trägt einen goldenen Raumanzug, er streckt die Hand nach Ada aus. Er kommt zu ihr, nimmt noch einmal seinen Helm ab und küsst Ada auf den Mund, er schenkt ihr den Kuss eines Kosmonauten.

Es gibt keine Brücken zwischen Solaris und Erde, flüstert Sophia neben Ada.

Es kann keine geben.

Sie sagt, Ada, wir fangen jetzt an. Du musst gehen. Wir fangen an.

# GEDICHTE

Ich besuche meinen Vater ein- bis zweimal im Jahr. Als ich ihn das letzte Mal besuchte, habe ich Kuchen mitgebracht, es war Hochsommer, und ich kaufte in der Konditorei neben dem Haus, in dem er seit einiger Zeit lebt, ein Stück Pflaumenkuchen und ein Stück Aprikosenkuchen. Die Torten in den Vitrinen sahen prächtig aus, und die Tische im Gastraum waren alle besetzt. Die Leute aßen große Stücke Kuchen, sie tranken Eiskaffee dazu, Eisschokolade, Tee aus zierlichen weißen Porzellantassen. Ich hielt mich mit meiner Auswahl lange auf. Ich ließ einigen Leuten den Vortritt. Ich hätte mich, wenn es einen freien Tisch gegeben hätte, gerne gesetzt und ebenfalls einen Eiskaffee bestellt. Ich wollte es hinauszögern, meinen Vater zu besuchen. Ich wollte das aufschieben.

Mein Vater lebt in einer winzigen Wohnung, die vollständig verstellt und zugeräumt ist. Es ist eine Wohnung, in der vor Möbeln, Bildern, Gegenständen, Kisten und Kästen eigentlich kein Platz für meinen Vater ist, womit schon alles gesagt sein könnte. Er will es so. Genau so und nicht anders. Er will auf einem gepackten Koffer inmitten einer Szenerie aus zusammenhangslosem Chaos sitzen, auf einem Trümmerhaufen, dann kann er sich den Anforderungen des Lebens halbwegs stellen. Wenn ich ihn besuche, ist es schwer, das einfachste Geschirr aufzutreiben. Wo ist der Wasserkessel hin? Voriges Mal gab es noch eine zerbeulte Büchse Kaffeepulver, die Büchse findet sich in einem Karton voller alter Totenmasken aus Gips. Die Vorhänge sind grundsätzlich zugezogen. Im Flur stapeln sich Pakete und Schachteln, die angeblich nicht meinem Vater gehören. Er trägt zwei verschiedene Pantoffeln. Er ist unrasiert, seine Haare stehen zu Berge. An dem Tag, an dem ich ihn mit dem Pflaumenkuchen und dem Aprikosenkuchen besuchte, war es ein Wunder, dass wir uns irgendwann setzen konnten. Dass wir irgendwann an einem Tisch saßen, vor zwei Tellern und zwei Tassen, und in den Tassen war ein heißer und bitterer Kaffee. Milch und Zucker gab es nicht. Dieser Löffel, sagte mein Vater und deutete mit Nachdruck auf den angelaufenen und verbogenen Löffel neben meinem Teller, ist von deiner Urgroßtante. Es ist der Löffel deiner Urgroßtante mütterlicherseits.

Mein Vater war sehr lange krank gewesen. Ich muss das hinzufügen. Er war jahrelang in der Psychiatrie, immer wieder, er musste sich immer wieder einweisen lassen. Es ging ihm nicht gut, er konnte keinen klaren Gedanken fassen, er konnte sich um nichts kümmern, und ihm war alles zu viel. Mein Vater war auf diese Weise krank gewesen, seitdem ich denken kann, ich kann mich an einen gesunden Vater kaum erinnern, und vermutlich bin ich deshalb so früh wie möglich von zu Hause weggegangen. Ich ging weit weg, und die Verbindung riss beinahe ab, mein Vater war gar nicht in der Lage, an meinem Leben irgendeinen Anteil zu nehmen, und ich fand, es gab keinen Anlass, ihn dazu zu zwingen. Ich besuchte ihn ab und an in der Psychiatrie, er war dort ausschließlich mit sich selber beschäftigt, und wahrscheinlich kann er sich heute an diese Besuche gar nicht mehr erinnern. Er übte damals, Gedichte auszuhalten. Er versuchte, ein Gedicht zu lesen, ohne dabei zusammenzubrechen, und ich muss sagen, es fiel ihm außerordentlich und erstaunlich schwer. Wir übten das gemeinsam; es gab sonst nicht viel, was wir in dieser Anstalt gemeinsam hätten tun können – er hatte einen dicken Band mit Gedichten aus der Bibliothek ausgeliehen und schlug eine beliebige Seite auf und bat mich, ihm vorzulesen. Und es gab Tage, an denen ihm schon eine einzige Zeile zu viel war, an denen er schon die Zeile »die Möwen sehen alle aus, als wenn sie Emma hießen« nicht ertragen konnte, eine Zeile wie »wir saßen unterm Hagedorn, bis uns die Nacht entrückt« hätte ihn umgebracht.

Schließlich gab er es auf.

Später verschwand er. Er stieg aus dem Fenster der Stationswerkstatt und war eine ganze Weile weg, und als er wiederauftauchte, stellte sich heraus, dass er überraschend weit gekommen war. Er war weit weg in einer Stadt hoch oben im Norden, aber auch dort war er wieder in der Psychiatrie gelandet, und sie wollten ihn da nicht haben, es gab keinen Platz für ihn. Ich fuhr mit meinem Mann hoch, und wir holten ihn ab. Ich hatte, ohne mich mit meinen Vater jemals über diese Dinge verständigt zu haben, sehr jung geheiratet, und das war das erste Mal, dass mein Mann und mein Vater sich begegnet sind. Mitten in der Nacht auf dem windigen Parkplatz vor dieser Anstalt am Stadtrand, und mein Vater stieg hinten ins Auto ein, ließ die Autotür offen stehen und würdigte meinen Mann keines Blickes. Er benahm sich so, als wäre mein Mann ein Chauffeur. Ein Taxifahrer. Er saß auf der Rückbank mit der Miene eines beleidigten Kindes, er schwieg während der ganzen Reise und starrte in die Nacht hinaus, er sagte kein einziges Wort, außer einmal – einmal beugte er sich vor und sagte:

Ich habe Hunger. Ich möchte ein Würstchen essen.

Nur Verrückte bringen so etwas zustande.

Mein Mann hatte damit glücklicherweise kein Problem. Er war klug genug dafür, und es ist auch möglich, dass mein Vater ihm leidgetan hat.

An dem Tag im Hochsommer, an dem ich meinen Vater das letzte Mal besuchte, sah er sich das Stück Pflaumenkuchen auf seinem Teller mit schiefgeneigtem Kopf lange an – er hatte sich für den Pflaumenkuchen entschieden, Aprikose abgelehnt – und legte dann seinen Löffel, über dessen Herkunft er mich im Unklaren gelassen hatte, auf den Tisch zurück.

Er sagte, dieses Stück Kuchen ist aus der schwulen Konditorei, und ich sagte, welche schwule Konditorei.

Diese schwule Konditorei hier unten im Haus.

Nebenan, sagte mein Vater. Das sind Schwule, Homosexuelle, das muss dir doch aufgefallen sein, nur Schwule sind in der Lage, auf diese Weise Torten zu backen, Sahne zu schlagen, zu dekorieren und die Früchte zu lackieren, nur ein Schwuler ist in der Lage, einen solchen, einen derartigen Pflaumenkuchen herzustellen, einen obszönen Aprikosenkuchen, wie er auf deinem Teller liegt, ein Aprikosenkuchen wie aus einem Bilderbuch, ausgedacht und zusammengerührt und gebacken von einer Schwuchtel. Ich gehe manchmal an dieser Konditorei vorbei, und ich staune. Ich staune.

Ich habe mir dieses Gespräch gemerkt.

Es war ja kein wirkliches Gespräch, es war eher eine Situation. Ich hätte zu meinem Vater sagen können, dass ich mir all das merken will – einprägen will, um es Jahre später wieder hervorholen zu können, noch einmal zu bedenken und möglicherweise anders zu verstehen. Als mein Mann und ich in diese Stadt hoch im Norden fuhren, um meinen Vater aus der dortigen Psychiatrie abzuholen, hörten wir billige Musik aus dem Autoradio, die Sonne sank, und die roten Blinklichter an den Windrädern leuchteten auf, wir hatten Kaffee dabei und Weingummi und Schokolade, und ich war dankbar, ohne irgendetwas darüber sagen zu können. Wir standen um Mitternacht an der Raststätte zu dritt um einen runden Plastiktisch, mein Mann, mein Vater und ich, wir aßen Würstchen mit Senf aus Pappschalen und trockenes Toastbrot dazu, und wir ließen meinen Vater nicht eine Sekunde aus den Augen, weil wir befürchteten, er würde den erstbesten unbeobachteten Anlass nutzen und sich über den Acker davonmachen. Wir brachten ihn zurück in die Anstalt, aus der er geflohen war, und ich sehe mich vor der Glastür der Station stehen, bis der Pfleger mit meinem Vater – er hielt meinen Vater sachte am Ellbogen fest – am Ende des Flurs um die Ecke gegangen war, und selbstverständlich hat sich mein Vater nicht nach mir umgedreht, und selbstverständlich habe ich auch nicht darauf gewartet.

Aber ich habe mir die Nummer der Station gemerkt – 87. Und den Geruch meines Vaters in diesen Jahren.

Mein Vater sagte nicht, ich würde niemals ein Stück Kuchen in dieser Konditorei kaufen. Das sagte er nicht, aber es war wohl das, was er meinte.

Er aß das Stück Kuchen trotzdem auf, er aß es mit dieser eigenen, heftigen Gier, die ich bisher nur an alten Menschen gesehen habe. Es ging ihm überhaupt nicht um die Schwulen. Ich vermute, es ging darum, dass ich ein Stück Kuchen für ihn gekauft hatte und dass ich trotz allem und woher eigentlich wusste, dass er Pflaumenkuchen geliebt hatte, bevor er krank geworden war. Es ging um all das, und darunter ging es sicher noch um etwas ganz anderes.

# LETTIPARK

Wie schön Elena gewesen ist! Ein mageres schönes Mädchen, schwarzäugig und dunkelbraun, angespannt wie eine Bogensehne und mit einer Röte im Gesicht, als würde sie sich immerzu in die Wangen kneifen. Elena war kräftig, mutig, heiter und gereizt, sie war immer auf der Hut. Sie trug Röcke über Hosen wie eine Zigeunerin, billigen Schmuck und keine Schminke, und ihre Haare waren so verfilzt, als würde sie den ganzen Tag im Bett liegen, rauchen, die Asche auf den Boden schnippen und die Beine breit machen. Abends jedenfalls ging sie arbeiten, in einer Kneipe in einer Straße mit kaputtem Kopfsteinpflaster, verfallenen Häusern, offenen Haustüren, Akazien rechts und links, Birken auf den Höfen. Im Winter roch es nach Kohle und im Sommer nach Ginster und Staub. Elena war eine, die sich am Abend die Haare mit einem Bleistift zum Knoten hochsteckte. Sie zog einen rostroten Rock über eine minzegrüne Hose, schloss die Kneipe auf, kehrte mit dem Besen die Zigarettenstummel raus, nahm sich ein Bier, drehte die Musik auf und die bunte Glühbirnenkette zwischen den Akazienästen an. Später kamen alle vorbei. Elena war das schönste Mädchen der Straße.

Elena steht vor Rose an der Kasse in der Markthalle, Rose erkennt sie zu spät, erst, als sie schon Erdbeeren, Zucker und Sahne aufs Band gelegt hat, erkennt sie Elena. Hätte sie Elena früher erkannt, wäre sie noch mal umgekehrt und hätte sich nach irgendwas umgesehen, aber nun geht's nicht mehr. Paul ist auch schon da, er legt seine Sachen zu ihren Sachen dazu, Fisch in der Büchse, Tabak und eine Flasche Port. Elena sieht nicht hin. Sie ist schwer und alt geworden, phlegmatisch und langsam, sie ist unverkennbar Elena – Mandelaugen und Haare wie Schlangen, eine Haut, der man die Wärme ansieht, und sie ist immer größer als alle anderen –, aber sie scheint da in etwas hineingeraten zu sein. Sie hat jemanden bei sich, einen Inder, stämmig, energisch und kräftig, kann sein mit einer Neigung zur Gewalttätigkeit und ein wenig verwahrlost, er trägt staubige Badelatschen an den Füßen, und sein geblümtes Hemd ist fleckig. Der Inder ordnet die Dinge auf dem Band. Reicht sie der Kassiererin, nimmt sie wieder in Empfang, er packt auch ein, Elena steht nur daneben. Abwesend. Mit hängenden Armen. Tomaten, Basilikum im Topf, Kerzen und Reis. Zigaretten. Zwei Flaschen Whiskey. Elena holt ein Portemonnaie aus der Tasche und klappt es auf wie ein Buch. Sie hebt den Kopf und sieht Rose an. Mit welchem Ausdruck? Rose kann's nicht erkennen. Elena sieht aus wie eine traurige Riesin. Eine schwermütige, verzauberte Riesin.

Heiliger Strohsack, sagt Paul. Verdammt nochmal. Es ist nicht zu begreifen, diese Langsamkeit der Leute. Diese scheiß Kälte in dem Laden hier. Ein Eisfach von einem Laden, das ist das letzte Mal, dass wir in diesem Laden gewesen sind, Rose, hörst du, was ich dir sage. Erdbeeren. Dein Irrglaube, du bräuchtest noch dieses oder jenes.

Niemand kann das Wort Erdbeeren mit so viel Verachtung sagen wie Paul. Er lässt Rose stehen und geht zum Zeitungsstand rüber, es ist nicht zu kalt, um in den Zeitungen zu blättern. Der Inder hat etwas wahrgenommen, eine feine, fadendünne Schwingung. Er nimmt Elena das Portemonnaie aus der Hand und wirft Rose einen flackernden Blick zu. Weiß er, wie schön Elena mal gewesen ist, hat er irgendeine Vorstellung davon. Und wäre die Lage anders, wenn er's wüsste?

Rose.

Paul ruft sie, und plötzlich hat Elena doch was begriffen, sie dreht den schweren Kopf von Rose zu Paul hin und versteht den Zusammenhang. Paul hält die Zeitung hoch, die Boulevardzeitung, in der er Roses und sein Horoskop nachliest, die Behauptungen in Roses Horoskop sind für Paul wahrhaftiger als Roses eigene Behauptungen, und wenn das Horoskop meint, sie solle sich besinnen und ihrem Partner endlich die Wahrheit sagen, dann kann Rose sich auf eine schwere Woche einstellen. Paul hält die Zeitung hoch, die Schlagzeile verkündet Kannibalenmorde, nahende Barbaren und steigende Wasserpreise, er ruft, du sollst dir eine Auszeit nehmen Rose, mal ein bisschen runterkommen, und Elena dreht den Kopf zurück zu Rose.

Rose und Elena hatten nichts gemeinsam außer dem Blick, den Page Shakusky auf sie geworfen hatte. Dem Fakt, ein Bild in Page Shakuskys Augen gewesen zu sein. Eine Vision. Rose ging nämlich studieren, und Page Shakusky hatte sie entdeckt, er hatte sie auf ihrem hastigen Weg vom Campus nach Hause zurück und mit keinem anderen Ziel, als sich was zu essen zu machen, am Schreibtisch zu essen und dabei weiterzulernen, gestellt. Rose war an Elenas Kneipe vorübergeeilt, und Page Shakusky war von dem schiefen Gartentisch, an dem er immer saß, aufgesprungen und hatte sie festgehalten. Betrunken, naturgemäß betrunken, er war nie nüchtern gewesen. Er hatte gesagt, was bist du für ein hübsches und zierliches Mädchen mit dem Gang einer Giraffe und dem Liebreiz von Singvögeln, alle starren dich an. Rose ließ sich nichts weismachen. Sie schüttelte ihn ab und eilte weiter und rannte die Treppen zu ihrer Wohnung hoch, und oben angekommen, verschloss sie die Tür von innen. Sie ließ sich den Hof machen, aber sie fiel nicht drauf rein. Page Shakusky war eine ganze Weile lang hartnäckig, er lag morgens vor ihrer Tür, wenn sie die Wohnung verließ, er kletterte auf ihren Balkon und wartete, bis sie nach Hause kam, er schrieb ihr unzählige Briefe voller Versprechungen, Schwüre und Anzüglichkeiten. Rose hielt sich die Hände vor die Ohren und machte die Augen zu. Sie war verklemmt und damit beschäftigt, sich im Leben über Wasser zu halten, und sie wusste, dass Page Shakusky eigentlich ganz genauso war, er hatte sich nur eine andere Strategie ausgedacht. Unmöglich, sich auf ihn einzulassen. Er versuchte es eine Weile, und dann ließ er's sein, weil er eine andere Klosterschülerin entdeckt hatte, und dann ließ er sich auf einmal mit

Elena ein, und das war was anderes, er stürzte über Elena. Elena schien von jeglicher Bereitschaft zur Selbstaufgabe frei zu sein. Sie schien überhaupt frei zu sein. Sie brach Page Shakusky nach sechs Wochen das Herz, sie brach es in der Mitte und gänzlich nebenbei in zwei Stücke, und dann steckte sie sich wieder ihren Bleistift in die Haare und knipste die bunte Glühbirnenkette an und setzte sich vor ihre Ladentür, als wäre nichts gewesen.

Der Inder hat seinen und Elenas gemeinsamen Einkauf bezahlt. Auf eine Weise, als gingen sie schon ihr ganzes Leben zusammen einkaufen, als bezahle er für sich und Elena schon immer. Paul wirft die Zeitung auf den Stapel zurück und kommt zur Kasse rüber. Die Kassiererin ist blond und jung, sie nimmt die Erdbeeren hoch und schaut Rose ausdruckslos in die Augen. Paul wird sie fragen, was sie eigentlich macht, er fragt das jede junge Kassiererin. Rose fällt der Lettipark ein. Pages Geschenk für Elena, und sie kann sich nicht daran erinnern, ob Elena ihn da schon verlassen hatte oder ob sie ihn nach diesem Geschenk verließ. Mit oder wegen dieses Geschenkes verließ. Elena hatte ihre Kindheit im Lettipark verbracht, sie hatte Page davon erzählt. Und Page war losgegangen und hatte den

Lettipark für Elena fotografiert. Im Winter. Ein gewöhnlicher, trostloser Park am Stadtrand, eine Brache, und es gab gar nichts zu sehen, verschneite Wege, ein verlassenes Rondell, Bänke und eine leere Wiese. Kahle Bäume, grauer Himmel, das war auch schon alles gewesen. Aber Page war der Spur von Elenas Kindheit mit Andacht hinterhergegangen. Er hatte Rose besucht – sie konnte ihm, seitdem er mit seinem heftigen, gleichgültigen Werben um sie aufgehört hatte, seitdem er mit Elena ging, die Wohnungstür aufmachen, und sie ließ die Tasse, aus der er Tee mit Rum getrunken hatte, tagelang auf dem Küchentisch stehen – und ihr die Fotos gezeigt. Er hatte sie sorgfältig in ein Buch hineingeklebt und mit wilder Schrift das Wort Lettipark auf das Buch geschrieben und darunter – für Elena. Für meine Elena. Rose hatte gedacht, ein Geschenk wie dieses bekäme man nur einmal. Aber Elena ließ Page Shakusky trotzdem sitzen, mit dem Kopf auf dem schiefen Gartentisch, so saß er früh um sieben vor der Kneipe, barfuß, verweint und betrunken. Später verschwand er aus ihrer beider Leben. Rose zog weg. Elena gab die Kneipe auf. Die bunte Glühbirnenkette hing noch eine Weile in den Akazienzweigen. Rose ist schon lange nicht mehr dort gewesen.

Was machen Sie eigentlich, sagt Paul zu der Kassiererin.

Und die Kassiererin errötet anmutig und sagt, ich studiere Betriebswissenschaften, warum wollen Sie das wissen.

Rose packt die Erdbeeren, den Zucker und die Sahne, den Port, den Tabak und den Büchsenfisch in Papiertüten ein. Paul deutet auf sie und sagt, ihr Horoskop meint, sie soll sich mal eine Auszeit nehmen, und die Kassiererin lacht darüber und sagt, eine Auszeit können wir alle gebrauchen.

In Page Shakuskys Buch für Elena war der Park schwarz und weiß und menschenleer gewesen. Ein Zwischenreich. Eine schwebende, sphärische Welt. Zwischen den Bäumen ungewisse Schatten und Zeichen auf den Wegen, die man nicht lesen konnte. Pages Sehnsucht nach Elenas Kindheit, eine Sehnsucht von vielen. Rose lässt die Tüten stehen und geht los, aus dem Supermarkt raus auf den Parkplatz. Der Inder hat seinen Einkauf schon im Kofferraum verstaut, er schlägt die Kofferraumklappe zu, untersucht sein Rücklicht, tritt gegen den Reifen, dann steigt er ein. Elena sitzt im Wagen, sie hat sich angeschnallt, sie schaut stur geradeaus.

Auf einem der Zettel, die Page Shakusky damals frühmorgens um vier unter Roses Türschwelle durchgeschoben hatte, stand ein Satz, den sie bis heute nicht vergessen hat – in meinen Träumen haben die Menschen dein Gesicht. Page Shakusky hat diesen Satz an Rose geschrieben. Bei allem Scheitern ist was Unzerstörbares, was Helles um ihn herum gewesen, und Rose wünscht sich plötzlich glühend, dass es ihm, wo immer er gelandet ist, gutgehen soll. Es kann genügen, ein Gesicht im Traum eines anderen gewesen zu sein, es kann tatsächlich wie ein Segen sein, und sie hofft, dass Elena davon doch noch irgendetwas weiß, dass der Lettipark noch zählt, die winterlichen Bilder, die vielversprechenden Schatten, Wege ins Ungefähre.

Hinter ihr gehen die Schiebetüren auf und wieder zu, und Paul kommt raus und sagt, auf was wartest du eigentlich, Rose.

Der Inder gibt mit einer Entschlossenheit Gas, die an Verachtung grenzt. Rose macht einen Schritt nach vorne, sie hebt die Hand. Worauf wartet sie?

## ZEUGEN

*Für Matthew Sweeney*

Ivo und ich trafen uns mit Henry und Samanta zu einer Zeit, in der unsere Ehe beinahe in die Brüche ging. Samanta würde Ivos Arbeit im Institut übernehmen, das war der Grund für unser Treffen, sie würden noch eine Weile zusammenarbeiten, aber dann würde Ivo gehen, und Samanta würde bleiben. Henry und Samanta wussten, dass wir die Stadt verlassen wollten, berufliche Gründe, Ivo schwieg sich im Institut darüber aus. Mehr wussten sie nicht. Sie waren grade zugezogen, ein Paar in einer zweiten Ehe, erwachsene Kinder, letztes Drittel des Lebens, Henry war deutlich älter als Samanta. Er trug ausgebeulte Hosen und ungebügelte Hemden, seine Augen waren blutunterlaufen, und er wirkte abgekämpft, aber wenn er lachte, verwandelte sich sein Gesicht in das Gesicht eines Kobolds, ein kindliches Gesicht, niemand schien ihm einen Schaden zufügen zu können.

Wir gingen zu Anice, in diesem Jahr ging man zu Anice, wenn man guten Fisch bekommen wollte und Kellner nicht ertragen konnte, die am Tisch stehen blieben und hochmütig zusahen, wie man aß. Bei Anice tranken die Leute im vorderen Raum ihr Bier, und im hinteren konnte man an langen Tischen und in erträglich gedämpfter Beleuchtung nach dem Essen sitzen bleiben, eine weitere Flasche Wein trinken und miteinander sprechen, ohne sich anzuschreien. Für Ivo war das zu Tode deprimierend, er war entsetzlich traurig über all diese Bedingungen, ein Prozedere wie ein Beweis für unsere mittleren Jahre, unsere Schwächen. Aber ihm fiel auch nichts anderes ein. Das war das Problem, er hatte auch keine andere Idee.

Bei Anice wählte Ivo Forelle. Samanta und ich entschieden uns für Heilbutt. Aber ich bin nicht sicher mit dem Heilbutt, sagte Samanta, und Henry sagte, er habe mal in einem Fischladen gestanden und gehört, wie eine Dame den Fischverkäufer nach Heilbutt gefragt habe – er sagte das Wort Dame mit Absicht und auf eine Weise, als wäre es eine Erfindung, ein Wort ohne jeden Hintergrund –, er sagte, ganz so wie unsere Samanta hier an diesem Tisch: Was genau ist eigentlich Heilbutt. Und was sagte der Fischverkäufer? Was sagte der Fischverkäufer.

Der Fischverkäufer sagte, meine Dame, der Heilbutt ist der Lamborghini der Meere.

Henry schlug mit der flachen Hand auf den Tisch, dass die Gläser klirrten und Ivo zusammenzuckte. Ich sah Samanta an. Samanta sah Henry von der Seite an. Sie trug die Haare halblang, in dichten, gezwirbelten Locken, sie zog sich die Locken behutsam hinters Ohr und hielt sie fest, damit sie Henry richtig ansehen konnte, und ihr Blick war voller Freude.

Ich für meinen Teil nehme Dorsch, sagte Henry. Fabelhafter Fisch von hier, direkt vor der Tür gefangen, und er hatte es offenbar nicht nötig, Samanta anzusehen, sich ihrer zu vergewissern.

Ivo und ich waren in unserer ersten Ehe, und wir hatten eine Tochter, Ida, ich würde keine Kinder mehr bekommen. Ivo schon. Ivo möglicherweise schon, manchmal stellte ich ihn mir vor in einem neuen Entwurf – noch einmal alles von vorne, andere Frau, anderes Haus, neues Kind, ein Garten mit Kirschbäumen und Flieder und im Küchenschrank Porzellan, das zueinanderpasst. Und ich war mir sicher, ich würde ihn nicht wiedererkennen. Ich würde Ivo in seinem neuen Leben nicht wiedererkennen, er wäre ein anderer, ich weiß, dass das möglich ist, dass wir so sind. Er würde seine Leidenschaft fürs Angeln mitnehmen. Er würde sonntags zu den illegalen Hunderennen gehen. Er würde nicht aufhören zu denken, dass es krebserregend sein kann, den Aluminiumdeckel der Joghurtbecher abzulecken, und er würde auf der rechten Seite liegend einschlafen, Beine angezogen, Hand zwischen den Knien, und im Traum würde er Sachen sagen wie, hast du mal unter diesem Stuhl nachgesehen, oder, zieh dir bitte etwas Warmes an und beeile dich dabei. Aber alles andere? Er würde eine neue Sprache sprechen, so wie sein zweites Kind, dem er ein alter und entschieden nachsichtiger Vater wäre, einen Namen tragen würde, für den Ivo und ich uns im Leben nicht entschieden hätten. Er äße Nüsse zum Frühstück. Seine Birkenpollenallergie hätte sich erledigt, Sexualität wäre noch einmal ein Abgrund für ihn. All das, all diese Dinge. Überraschungen. Aber so weit waren wir noch nicht. Wir waren damals so weit, dass Ida, wenn sie von der Schule nach Hause kam, an uns vorbei in ihr Zimmer ging, die Tür hinter sich schloss und es vorzog, nichts zu Abend zu essen. Wir waren gerade so weit, dass Ivo in der Nacht weinte. Wir hatten alles vor uns, Packen von Kisten, betrunkene Geständnisse, wir waren am Anfang von alldem.

Der Kellner brachte den Fisch und goss uns Wein nach. Ivo sah mitgenommen aus, und auf seiner Stirn standen Schweißperlen. Er ist ein guter, ein umsichtiger und schüchterner Mensch. Er machte genau die Art von Konversation, bei der man einschläft – die unvermeidlichen Strukturen im Institut, dann das stürmische Frühjahr, dann die Krise –, aber für mich war das in Ordnung so, es war ein Ausdruck unserer Verhältnisse.

Henry hielt sich raus.

Ich hielt mich auch raus.

Samanta machte mit, aber nach einer Weile wechselte sie doch vorsichtig die Richtung, sie fing an, etwas von sich zu erzählen. Sie sagte, sie sei an der Küste geboren und habe dann eine Weile weit weg im Osten gelebt, sie habe Henry vor sieben Jahren kennengelernt, nach seiner Ehe, sie betonte das, er sei nicht mehr verheiratet gewesen, als sie ihn kennengelernt habe. Warum betonte sie das? Sie sagte, sie sei glücklich, zurück zu sein.

Henry sagte, er sei hier wegen Samanta. Samanta sei der einzige Grund dafür, hier zu sein. Der einzige Grund dafür, überhaupt auf dieser grässlichen, entsetzlichen Welt zu sein. Er sagte das sachlich, er war sehr mit seinem Fisch beschäftigt, er filetierte den Fisch auf eine heftige Art, schob die Haut beiseite und ließ sie am Tellerrand liegen, er lutschte jede Gräte einzeln ab und sah äußerst zufrieden aus.

Er sagte, Jesus, dieser Fisch spricht zu mir, und er schwenkte die Weinflasche und machte Anstalten, Samantas leeres Glas wieder aufzufüllen, und sie lehnte das auf eine Weise ab, die deutlich war. Aber Ivo hob sein Glas hoch und hielt es Henry mit einem Ausdruck von Ergebenheit hin, und Henry goss randvoll ein, und sie stießen miteinander an.

Sie stießen auf nichts an, sie ließen das offen.

Ich weiß nicht mehr, warum Henry bei Anice anfing, über den Mond zu sprechen. Weil wir gerade Vollmond gehabt hatten? Der Vollmond hatte einen späten Frühling mitgebracht, er war eindrucksvoll über den Dächern der Stadt aufgegangen und stand früh um sieben noch am klaren Himmel. Ivo hatte mich am Morgen dieses Tages darauf hingewiesen, bevor er ins Auto gestiegen und zur Arbeit gefahren war; wir hatten beide mit verschränkten Armen vor dem Haus gestanden und zu diesem Mond hochgesehen, bleich und weiß wie aus chinesischem Papier und so, als er hätte er einmal zu uns beiden gehört und das hätte sich aus Gründen, die uns unklar waren, ein für alle Mal erledigt. Bei Anice sagte Henry unvermittelt, er habe einmal

Neil Armstrong getroffen, vor Ewigkeiten, lange her, und ich konnte geradezu hören, wie Ivo neben mir im Geiste sofort anfing zu rechnen, wie sein zermartertes Gehirn die Zählmaschine der Jahre anwarf.

Ich war damals jung, sagte Henry, und ich hätte zu Ivo sagen wollen, hör einfach zu, das könnte dir doch reichen, er war damals jung, mehr musst du gar nicht wissen.

Henry sagte, ich war wirklich jung. Herrgottimhimmel. Ich war in diesem Club, so etwas wie eine Akademie, ich hatte dort ein Stipendium. Wir hatten schwer getrunken, die ganze Nacht über getrunken und Tischtennis gespielt und getrunken, und am nächsten Vormittag musste ich die Vorlesung verlassen und mich im Hof in die Rabatten übergeben.

Er hielt inne und lauschte dem Klang des Wortes Rabatte nach, er schien ein irgendwie obsessives Verhältnis zu Worten zu haben, er überprüfte das Wort und bleckte dabei die Zähne. Dann machte er weiter. Er sagte, ich hatte Durst. Ich brauchte dringend ein Glas Wasser, ich hatte einen unstillbaren Durst auf ein großes scheiß Glas mit klarem, eiskaltem, wunderbarem Wasser darin, und also ging ich in diese Bar. Es gab eine Bar, sie gehörte zum Club, und der Barmann war noch nicht da, aber am

Tresen saß trotzdem schon einer. Einer für sich. Ein Mann alleine an einem Tresen am lichten, frühen Vormittag, und ihr versteht sicherlich, was ich damit sagen will.

Samanta sah so aus, als höre sie diese Geschichte zum allerersten Mal, was ich erstaunlich fand. Ihr Gesicht hatte sich im Laufe des Abends geweitet, es war heller geworden und offener, ich meinte, sehen zu können, was für ein Mädchen sie einmal gewesen war und wie sie vor sieben Jahren gewesen war, damals, als Henry sie weit weg im Osten traf und sich zu diesem zweiten Versuch entschloss. Sie hatte den Ellbogen auf den Tisch gestützt und den Kopf in die Hand. Sie sah ruhig aus, gelassen, sehr bei sich.

Er sagte, er sei Neil Armstrong, sagte Henry. Er sagte, er sei der Mondmann, und ich sagte so was wie, oh, kaum zu glauben. Zehn Uhr am Morgen, und was zum Teufel machen Sie hier, was haben Sie hier verloren? Und er sagte, er sei auf einer Vortragsreise, er sei unterwegs, um über den Mond zu sprechen. Über das zu sprechen, was der Mond mit ihm gemacht habe. Und ich sagte, was hat der Mond mit Ihnen gemacht, und er sagte, der Mond hat mich fertiggemacht. Das war's, was er sagte. Er sagte, der Mond hat mich kaputtgemacht.

Tja, sagte Henry. Er hörte auf, sich selbst zu imitieren, er legte das ab. Er hob die Hände und ließ sie auf die Tischplatte fallen. Er sagte, das war's. Das war's dann auch schon, was ich euch erzählen wollte.

Er dachte noch einen Moment nach und sagte dann, er hat Pink Gin getrunken. Damals. In dieser Bar.

Ivo sagte, was ist das, Pink Gin. Er sagte es freundlich und ratlos, und irgendetwas daran reizte Henry, er war nicht bereit dazu, das zu erklären. Er sagte kopfschüttelnd, kennen Sie Pink Gin nicht, oder was, das kann ich mir kaum vorstellen, dass hier einer Pink Gin nicht kennt, und wie auch immer, es ist das, was Neil Armstrong getrunken hat, selbst gemixt. Er hat sein Glas gehoben und gesagt, ich könne mir in keiner Weise vorstellen, wie es sei, auf dem Mond zu stehen und die Erde zu sehen. Diesen Wassertropfen im Universum schweben zu sehen, so alleine und so zerbrechlich in der Finsternis. Ich könne mir nicht vorstellen, wie schwer es für ihn gewesen sei, zu dieser Erde zurückzukehren.

Wir sagten alle nichts dazu. Ich war mir nicht sicher, ob Henry die Sätze über die Rückkehr zur Erde hinzugefügt hatte, weil Ivo seine Kinderfrage nach dem Pink Gin stellen musste; ob dieser Teil der Geschichte nicht eigentlich ihm ganz allein gehörte. Wir schwiegen und drehten unsere leeren Gläser auf dem Tisch und sahen zu, wie die betrunkenen Jungs vorne an der Bar und im goldenen Licht des Tresens ihre Hemden auszogen und einander mit nackten Oberkörpern umarmten, einander hielten.

Wir sterben, oder, sagte Henry. Das ist ein Bild für das Sterben, und als er das sagte, traten ihm die Tränen in seine koboldhaften Augen, und er lehnte sich auf seinem Stuhl weit zurück.

Hast du je mit jemandem darüber geredet, sagte Samanta ernst. Hast du jemandem davon erzählt, später, als du zurück auf dein Zimmer kamst. Am Mittag, am Abend danach?

Natürlich nicht, sagte Henry. Mit niemandem. Ich habe mit niemandem darüber geredet. So ist es gewesen.

Später, in der Nacht, als ich mit Ivo nach Hause ging, standen wir noch eine Weile auf der schwankenden Brücke. Die schwankende Brücke geht an einer Biegung über den Fluss, sie ist an Seilen befestigt, bei Wind schwankt sie leicht. Sie lag auf unserem Nachhauseweg, das war der einzige Grund dafür, dass wir nachts auf ihrer Mitte standen und über den Fluss sahen, der Mond war weg.

Ivo schwieg, dann sagte er, das hat der sich doch

ausgedacht. Diese elegische Geschichte vom Mondmann hat er sich ausgedacht, was sollte das eigentlich, Armstrong ist doch seit hundert Jahren tot, und außerdem kenne ich die Geschichte, ich hab sie schon mal irgendwo gehört.

Ich sagte nichts dazu. Ich dachte, so oder so ist es eine gute Geschichte, und ich dachte, ich kannte sie nicht, und sie ist ziemlich sicher wahr, und wenn sie nicht wahr sein sollte, ändert das gar nichts. Armstrong hatte zu Henry gesagt, er habe was von sich dort oben zurücklassen müssen; er sei ein Gespenst, das bis in alle Ewigkeit in seinen eigenen Fußstapfen hin und her geistern würde, er sei der Mann im Mond. Und ich dachte, dass auch wir das von jetzt ab waren – Henry, weil er davon erzählt hatte, und Samanta, Ivo und ich, weil wir ihm zugehört hatten, aber ich konnte mit Ivo nicht darüber sprechen. Ich konnte nur seine Hand halten, die warm war und irgendwie spröde, so als wäre ein wenig Mondgeröll von Armstrong an Henry und von Henry an Ivo weitergegeben worden, achtsam, durch all die Jahre hindurch. Ich konnte nur neben ihm auf der schwankenden Brücke stehen und über den Fluss sehen, das schwarze Wasser absuchen, abtasten, nach einem unwahrscheinlichen Funken, einer Möglichkeit.

# PAPIERFLIEGER

Das Vorstellungsgespräch ist am späten Vormittag. Luke ist immer noch krank, und Sammi sieht so aus, als würde er krank werden. Er ist seit sechs wach, will trotzdem nicht aufstehen, hat heiße Backen und den ganzen Morgen über schon den Daumen im Mund. Tess sitzt mit Luke auf dem Sofa und wartet auf das digitale Piepen des Thermometers unter Lukes Achsel.

Je länger man warten muss, umso höher ist das Fieber, sagt Luke. Seine Augen glänzen, und er schiebt die Hand unter Tess' Pullover, als wäre er noch ein richtiges Kleinkind.

Meistens, sagt Tess. Nicht immer. Lass mal sehen, 38,7. Nicht so gut. Hast du Hunger, Luke? Dir geht es nicht unbedingt besser, oder?

Luke schüttelt ausdrucksvoll den Kopf. Sammi sagt, Hunger, aber Tess glaubt, das sagt er nur so. Sie kann sie beide nicht alleine lassen, aber sie muss gehen, das ist die Lage. Also ruft sie Nick an.

Es ist früh für Nick, sie lässt es eine ganze Weile klingeln, aber irgendwann geht er ran. Es ist klar, dass sie ihn aus dem Schlaf holt.

Sie sagt, Nick.

Er sagt, ich bin dran.

Sie sagt, kannst du kommen und ein paar Stunden bei Luke und Sammi bleiben? Sie sind alle beide krank. Luke hat Fieber, und Sammi kriegt welches, und ich habe dieses Vorstellungsgespräch, es ist eine gute Arbeit, und ich hab das Gefühl, ich könnte sie bekommen. Ich muss um elf Uhr da sein. Ich muss um zehn aus dem Haus.

Nick sagt, zehn ist in einer Stunde.

Er meint, dass eine Stunde wenig ist. Dass es schwer für ihn ist, in einer Stunde zu sich zu kommen, sich anzuziehen, Kaffee zu trinken, die Schuhe zuzubinden und loszugehen.

Tess sagt nichts. Sie lehnt im Flur an der Wand und hält sich das Telefon ans Ohr und wartet; es ist nicht so, dass Nick sich bitten lässt, er ist einfach nur langsam, mehr ist nicht, und sie hat ihn schließlich auch geweckt. Er kommt immer, wenn es um Luke und Sammi geht. Er kommt, obwohl Luke und Sammi nicht seine Söhne sind. Er würde sich jeden Tag um Luke und Sammi kümmern, wenn Tess das so wollte. Wenn sie sich das wünschen würde. Aber sie wünscht sich's nicht.

Nick sagt, o. k. Ich brauche einen Moment. Ich muss erst mal richtig wach werden. Ich bin um zehn da.

Tess sagt, danke.

Sie schält zwei Birnen und schneidet sie in Stückchen. Sie kocht Tee für sich, Milch mit Honig für Luke und Sammi. Sie bringt die Birnen und die Milch zu Sammis Bett. Luke liegt vor dem Bett auf dem Rücken und sieht sich etwas an der Zimmerdecke an, Sammi hat immer noch den Daumen im Mund. Sie hören einer Kinderkassette zu, leise hohe Stimmchen, die etwas Besänftigendes singen.

Luke sagt, also ich bin froh, dass ich zu Hause bleiben kann. Dass ich mit Sammi hierbleiben kann.

Sammi sagt, mein Luke. Meine Mama. Er nimmt den Daumen dabei nicht aus dem Mund, beugt sich aber aus dem Bett raus und zieht Luke an den Haaren.

Tess sagt, dein Luke und deine Mama. Sie sagt, ich geh gleich los und Nick kommt.

Luke sagt, sag ihm, er soll mir was mitbringen.

Tess sagt, ich bringe euch was mit.

Sie setzt sich zu Sammi auf die Bettkante und nimmt seine kleine heiße Hand. Sie bleibt eine Weile so sitzen. Wann kommt ihr wieder, flüstert die

Stimme im Kassettenrekorder, und eine andere Stimme antwortet flüsternd, wir kommen, wenn wir kommen. Tess fällt ein Bild ein, das Nick mal gezeichnet hat, Luke auf dem Bauch liegend vor einer Karambolage aus Matchboxautos und Sammi auf einem Stühlchen daneben, ein Regent mit einem grünen Hasen auf dem Schoß. Nick hatte beiläufig gezeichnet, er hatte einfach gezeichnet, was er gesehen hatte. Tess hatte das Bild aufgehoben, aber gerade weiß sie nicht mehr, wo es ist. Für Luke und Sammi ist es gut, Zeit mit Nick zu verbringen. Nick ist ruhig und bedächtig, und er spricht mit Luke und Sammi ganz normal. Nicht wie ein Erwachsener, der mit einem Kind spricht. Nicht genervt und hysterisch, so wie Tess manchmal.

Nick klingelt um zehn.

Tess steht in der Küche und sieht auf die Uhr über dem Herd, es ist 10 Uhr und 26 Sekunden. Sie macht ihm die Wohnungstür auf, sie steht an der Tür und sieht zu, wie er die Treppe hochkommt, und sie muss die Hände in die Hosentaschen stecken, um ihn nicht zu umarmen.

Sie zieht sich im Flur die Jacke an, sie sagt, meinst du, ich sollte eine Mütze aufsetzen. Ist es kalt draußen. Gegen Mittag könntest du euch was zu essen machen, es ist Suppe im Kühlschrank, und alle beide sollten Kirschsaft trinken, das senkt das Fieber.

Nick sagt, zu was für einem Vorstellungsgespräch gehst du eigentlich. Du solltest auf jeden Fall eine Mütze aufsetzen, es ist eiskalt draußen. Lass mich raten. Du willst dich jedenfalls nicht bei einer Bank bewerben.

Tess macht das verlegen. Sie hat ihre Jeans an und einen ordentlichen Pullover, alles ganz normal, so wie immer, nur dass sie sich die Haare hochgesteckt hat, damit sie älter wirkt, als sie ist. Strenger. Die Mütze wird die Frisur kaputtmachen. Egal. Sie nimmt sie von der Garderobe und setzt sie auf. Sie zieht sich die Mütze über beide Ohren.

Sie sagt, in die Sozialstation. Zur Krisenstelle. Dieses Haus für Leute, denen es nicht so gutgeht. Leute, die in einer Lebenskrise sind. Frauen, die von ihren Männern geschlagen werden. Männer, die im Suff auf ihre Frauen einschlagen müssen. Probleme dieser Art.

Nick macht nicht den Eindruck, als wollte er darauf genauer eingehen. Er sagt nur, Nachtschichten. Oder was.

Tess sagt, Tagesschichten. Eventuell auch ab und zu eine Nachtschicht, manchmal eine Nachtschicht, ja, aber nicht regelmäßig. Nichts Schlimmes. Nichts, was gefährlich wäre, Nick. Man soll einfach nur da sein, mit den Leuten reden, aufpassen, dass sie nicht – abstürzen oder so was, dass sie sich nicht verletzen. Man soll ihnen zuhören. Mehr nicht. Sieh mich nicht so an.

Nick sieht sie eigentlich gar nicht an. Er steht nur da. Er sieht noch ganz verschlafen aus, er hat einen deutlichen Abdruck des Kopfkissens auf der rechten Wange, und seine Haare sind mit Wasser gekämmt.

Tess sagt, was ist. Was ist los. Glaubst du, das ist keine gute Idee oder was. Findest du, ich sollte da nicht hingehen. Eine wie ich sollte da nicht hingehen. Fragst du dich, was ich denen erzählen will.

Sie fängt an, von einem Bein auf das andere zu treten, sie wird unruhig.

Nick lächelt, er sagt, nein, das frage ich mich nicht. Natürlich solltest du da hingehen. Du bist sicher gut darin, darauf aufzupassen, dass die Leute nicht abstürzen. Sich nicht selbst verletzen.

Tess weiß nicht, was sie davon halten soll.

Meinst du das ernst.

Aber Nick sagt, ich mein's ernst, Tess. Geh los. Mach dir keine Sorgen. Viel Glück!

Als Tess zurückkommt, ist es schon später Nachmittag, und sie hat ein schlechtes Gewissen. Sie hat eingekauft, ein weißes Brot und Honig und Orangen, ein Bier für Nick und eines für sich selber und Schokoladeneis für Luke und Sammi, für Luke einen neuen Comic und für Sammi einen Frosch, den man aufziehen kann. Sie ist müde. Sie kommt nach Hause und stellt die Einkaufstüten im Flur ab und geht ins Bad, sie wäscht sich sehr lange die Hände, die Handgelenke, wieder die Hände und dann das Gesicht, bevor sie die Jacke auszieht, bevor sie ins Wohnzimmer geht.

Luke sitzt im Schlafanzug und mit dicken Socken an den Füßen auf dem Teppich und faltet Papier. Sammi liegt hinter ihm auf dem Sofa, er zerreißt Papier, er sagt, mein Papier. Nick sitzt neben Sammi, er hat die Hände hinter dem Kopf verschränkt, der Abdruck vom Kissen auf seiner Wange ist weg. Er sagt nicht, wie war's, Tess, und Tess ist ihm dankbar dafür.

Sie sagt, was habt ihr gemacht. Wie geht es euch. Wie geht es dir, Sammi, sie setzt sich zwischen Nick und Sammi aufs Sofa und legt die Hand auf Sammis Stirn, und er legt seine kleine Hand auf ihre kühle Hand und hält sie fest.

Wir haben Papierflieger gebaut, sagt Luke feierlich. Für die Weltmeisterschaft, oder, er sieht fragend zu Nick hoch. Für diesen Rekord.

Der Rekord liegt bei 29,2 Sekunden Flugdauer,

sagt Nick. Takuo Toda, in Japan, das war am 19. Dezember 2010. Oder Tony Felch, Vereinigte Staaten von Amerika, warte mal, das ist schon lange her, ich glaube, 1985? Flugweite 58,8 Meter. Du musst die Ecken diagonal falten, der obere Blattrand muss genau auf den Seitenrändern liegen. Dann den oberen Blattrand nach unten falten. Die Ecken zur Mitte hin – so – und wieder öffnen. Ganz genau so musst du's machen.

Tess sieht hin. Sie sieht Luke zu, wie er, die Zungenspitze zwischen den Zähnen, das Papier faltet, er knickt es mehr, als dass er faltet. Sie sieht Nick zu, der ebenfalls faltet, sehr ordentlich, sorgfältig und präzise, so wie alles, was er anfängt. Er bringt alles, was er anfängt, auch zu einem Ende.

Sie berührt ihn an der Schulter. Bleib zum Abendessen. Bleib noch ein wenig, Nick, ich koche uns was, und im Kühlschrank steht ein kaltes Bier.

Später fragt Nick dann doch. Also, Tess. Wann fängst du an?

Sie rufen mich an, sagt Tess. Sie haben gesagt, sie melden sich, in spätestens drei Tagen, vielleicht wollen sie eine Probezeit vereinbaren. Sie müssen sich untereinander besprechen. Mal sehen.

Nick sagt, was hast du denen denn gesagt. Er sieht Tess nicht an, er betrachtet die Tischplatte und schiebt mit dem Zeigefinger das Wachs zusammen, das er von den Kerzenständern gekratzt hat.

Die Wahrheit. Ich hab denen die Wahrheit gesagt, was sonst? Ich hab gesagt, dass ich zwei Kinder habe und dass ich alleinerziehend bin und dass ich Erfahrung mit psychiatrischen Stationen habe. So hab ich's ausgedrückt. Dass ich lange zu Hause war und jetzt wieder raus möchte. Arbeiten möchte. Ich hab gesagt, ich bin mutig, ich hab Widerstandskraft, ich bin zuversichtlich. Ich hab Stabilität und innere Ruhe. Dazu hab ich ein Bein über das andere geschlagen, Kaffee ohne Milch und ohne Zucker getrunken und nicht mit dem Kopf gewackelt. Sonst noch Fragen?

Jede Menge, sagt Nick. Wie es dir da ging, würde ich gerne wissen. Was das für Leute sind auf dieser Station, was das für ein Team ist, das würde ich zum Beispiel auch gerne wissen.

Tess überlegt eine Weile. Dann sagt sie, Barbara und Christopher und Stan? Stan war in Ordnung. Einer, der Sandalen mit Socken trägt und sich Postkarten mit Sinnsprüchen darauf über den Computer hängt und so aussieht, als ob er niemals schlafen würde. Barbara könnte seine ältere Schwester sein. Christopher ist der Chef. Freundlich. Dominant. Jede Geste eine Bedrohung, du kennst das, Nick. Der Trick ist, drunter durchzuschlüpfen.

Sich einfach darunter durchzuducken, so zu tun, als ob man das akzeptiert. Aber in Wirklichkeit – schlüpfst du drunter durch. Weißt du, was ich meine?

Weiß ich, sagt Nick. Ich weiß, was du meinst. Und hast du Leute gesehen? Leute in Krisen. Leute mit Problemen.

Nein, hab ich nicht gesehen, sagt Tess. Sie haben sie alle weggesperrt oder krass fixiert, oder sie hatten schlicht und einfach grade keine da.

Sie hebt die Hände und spreizt die Finger und legt sich vorsichtig die Fingerspitzen an die Schläfen, und sie drückt ein wenig zu. Dann nimmt sie die Hände wieder runter. Sie sagt, manchmal möchte ich alles noch mal zerlegen, neu zusammensetzen. Nicht noch mal von vorne anfangen, das meine ich nicht. Aber mit dem, was da ist, was anderes machen? Naja, und das geht eben nicht. Sieh dir Sammi und Luke an. Ich glaube, ich kann nicht mehr zurück.

Was steht auf Stans Postkarten, sagt Nick. Sie müssen beide darüber lachen.

Weiß ich nicht mehr. Irgendwas vollkommen Idiotisches von einer kleinen Schnecke, sagt Tess. Ganz, ganz langsam steigt sie hinauf auf den Berg Fuji? Nick. Ich wünschte, ich könnte dir was anderes sagen. Glaubst du mir das.

In der Nacht stehen sie alle zusammen am geöffneten Fenster. Tess hat Sammi auf dem Arm, sie hat die Decke fest um ihn herumgewickelt. Luke hat seinen Anorak angezogen. Nick hält den Papierflieger hoch, er sagt, wenn du schnell wirfst, wenn du – sofort wirfst, kannst du die Schwerkraft für einen Moment überwinden. Drei Sekunden Gleitphase. Dann musst du segeln.

Luke sagt, los.

Los, sagt Sammi.

Der Flieger schwebt hinaus, über die Straße hinweg auf die Gleise, auf die hohen Pappeln zu. Die Schienenstränge schimmern, und die weißen Flügel scheinen sich in der Dunkelheit aufzulösen.

## INSELN

Auf diesem Foto sitzen wir vor einem Haus, an das ich mich nicht erinnern kann, Zachs Haus ist es jedenfalls nicht. Links, das bin ich, rechts sitzt Martha. Wir haben seltsamerweise genau die gleiche Körperhaltung, nur spiegelverkehrt, Beine gekreuzt und meine linke Hand auf meinem rechten Unterarm, Marthas rechte Hand auf ihrem linken, das wird daran liegen, dass wir viel Zeit miteinander verbracht haben. Ich erinnere mich an das rote Kleid, das ich auf diesem Foto trage und an den blauen Stein an Marthas Kette, keine Kette im eigentlichen Sinn, eher eine Schnur. Eine Strippe. Wem gehören die schmutzigen Handtücher auf dem Wäschehaufen neben mir, wem gehören die Sachen auf dem Korbstuhl hinter Martha, diese Hemden, die an der Wäscheleine über uns hängen? Uns gehörten sie nicht. Mein Gesichtsausdruck ist, würde ich sagen, freundlich, etwas ungeduldig, Martha sieht skeptisch aus. Offensichtlich haben wir uns seit Tagen die Haare nicht mehr gekämmt, ich habe ganz vergessen, dass meine Haare mal so lang gewesen sind. Diese Pflanze, die von rechts ins Bild reinwächst, muss ein Bananenbaum sein. Wir tragen keine Schuhe. Vor wessen Haus sitzen wir? Und wer hat das Foto gemacht, wer hat uns so gesehen.

Manchmal begegne ich Martha, auf Geburtstagsfesten oder Ausstellungseröffnungen, auf Konzerten, ich habe sie nicht ganz aus den Augen verloren. Wenn wir uns an einem solchen Abend begegnen, halten wir einen vorsichtigen Abstand und beobachten einander eine ganze Weile – verstohlen, wir werden älter, wie machen wir das – und kommen dann doch zusammen und fangen ein Gespräch an, das ähnlich ist wie die Gespräche, die wir vor zwanzig Jahren miteinander geführt haben, und dennoch völlig anders.

Guten Abend, Iris.
Martha. Schön, dich zu sehen.
Meist ist es Martha, die dieses Gespräch beginnt, ihr fällt das, heute wie damals, leichter als mir. Sie ist nicht unbefangen, ihr Tonfall ist zunächst ironisch und ihre Körpersprache geradezu offiziell, sie sieht so aus, als wollte sie sich eigentlich verbeugen. Aber dahinter, hinter dem Offiziellen, gibt

es immer noch diese große Zärtlichkeit, eine uferlose Wärme, beinahe unwiderstehlich für mich. Es dauert ein wenig. Zehn Minuten, eine Viertelstunde – dann reden wir miteinander, als wenn nichts gewesen wäre. Als wenn fast nichts gewesen wäre. Über gemeinsame Bekannte. Trennungen, Hochzeiten. Die unvermeidliche Arbeit. Wir reden über unsere Kinder, Martha hat auch eine Tochter, beide Kinder sind schlecht in der Schule, am allerschlechtesten in Mathematik.

Wie kann das sein?

Bei so klugen, besonderen Müttern.

Wenn wir viel Alkohol getrunken haben, und Martha trinkt immer noch zu viel, daran wird sich wohl nichts mehr ändern, reden wir auch über andere Dinge. Über Abschiede. Krankheiten. Über Beerdigungen. Wenn Martha total betrunken ist, erzählt sie mir jedes Mal, dass sie sich immer wieder vorstellen muss, an meinem Grab zu stehen. Dass sie sich vorstellt, ich sei gestorben und sie müsse zu meiner Beerdigung gehen, und bei dieser Schilderung bricht sie schließlich in Tränen aus. Aber das ändert eben nichts. Es verändert nichts, wir finden nicht mehr zueinander zurück.

Vor zwanzig Jahren haben wir eine Weile zusammen in Amerika gelebt. Wir wollten auswandern und sind zurückgekommen; am Ende haben wir einige Wochen bei einem Freund von Martha auf den Antillen verbracht – bei Zach, und dort muss dieses Foto gemacht worden sein. Zach lebte in einem heruntergekommenen Anwesen in den Bergen, ein Flachbau mit einem Turm in der Mitte, von dem aus man über den ganzen Dschungel hinweg bis runter in die Bucht sehen konnte. Ich hatte in diesem Haus ein Zimmer neben der Küche. Martha schlief oben im Leuchtturm, zusammen mit Zach. Ich habe später manchmal gedacht, dass Martha sich prostituiert hat, damit wir auf diese Weise Zeit verbringen konnten, Zeit füreinander hatten. Baden, Jeepfahren, Rum trinken, Mangos pflücken und rauchend in der Hängematte liegen, damit wir solche Dinge tun konnten; ich bin mir nicht mehr sicher, ob ich das nur gedacht oder möglicherweise auch laut gesagt habe. Letztlich kannten Martha und Zach sich aus alten Zeiten. Vielleicht ist das alles gewesen.

In dem Haus auf der Insel gab es zwei Angestellte, einen farbigen Mann und eine farbige Frau.

Bumpie und Squeekie.

Es war Martha und mir nicht möglich herauszufinden, woher sie diese schrecklichen Namen hatten, und es war nicht möglich herauszufinden, in welchem Verhältnis sie zueinander standen. Bruder und Schwester? Mann und Frau? Cousin und Cousine? Es war auch nicht herauszufinden, in welchem Verhältnis sie zu Zach standen, Martha behauptete, Squeekie sei aus Zachs Zimmer an dem Tag ausgezogen, an dem sie dort eingezogen sei, sie habe gesehen, wie Squeekie ihre wenigen Habseligkeiten die Wendeltreppe runtergetragen habe. Wer weiß. Die Dinge fanden offenbar hinter den Kulissen statt. Sie waren anders als gedacht; in der ersten Nacht lag ich schlaflos auf dem Rücken in meinem kleinen Zimmer neben der Küche – ein Zimmer mit einer Matratze unter einem Moskitonetz, einem dreibeinigen Hocker und einem türkis angestrichenen Brett auf zwei Böcken anstelle eines Tisches – und lauschte auf das Rascheln und Atmen vor meinem Fenster, ein Rascheln und Atmen, das sich nach allem Möglichen anhörte. Aber am nächsten Morgen stellte sich heraus, dass es nur von wilden Hunden kam. Verspielten wilden Hunden im nassen Gras.

Und es gab den Jungen. Ein weißer Junge, sechzehn oder siebzehn Jahre alt. Er kann auch achtzehn gewesen sein, ein schmächtiger Achtzehnjähriger mit feinem, beinahe weißem Haar. Mager, er wirkte so, als hätte er etwas ausgesprochen

Schweres durchgemacht, er sprach kaum, manchmal lachte er über einen Witz, aber er lachte bekümmert und so, als wüsste er es eigentlich doch besser. Er schlief viel. Er schlief den ganzen Tag auf dem Sofa unten in der Küche, er kam erst am Abend zu sich.

Er war nicht wirklich ein Gast. Aber was war er dann?

Ich kann mich nicht an seinen Namen erinnern, und ich bin mir sicher, dass auch Martha sich nicht an seinen Namen erinnern kann. Dass uns beiden einfach nicht mehr einfallen will, wie er hieß.

Und nach einiger Zeit fuhr Zach weg. Möglicherweise dealte er mit Drogen, oder er hatte Anteile an Drogen oder an anderen zwielichtigen Geschäften, er verlor niemals ein Wort darüber, wie er das Haus, seine Angestellten, seine drei Autos und seine Flüge nach Los Angeles eigentlich finanzierte. Er fuhr jedenfalls länger weg, und er füllte die Vorratskammer auf, bevor er sich verabschiedete, und zählte die Wassergallonen durch und zeigte Martha, wie sie die Alarmanlage anschalten konnte, bevor sie abends oben im Turm ohne ihn schlafen ging. Es war, als rechnete er damit, eine Weile nicht wiederzukommen, aber er sagte nichts dazu. Er sprach nicht darüber. Er verließ das Haus im Morgengrauen, und an diesem Tag, daran erinnere ich mich genau, wollte es nicht aufhören zu regnen, und Martha und ich und Bumpie und Squeekie saßen Stunden über Stunden in der Küche bei offener Terrassentür und spielten Mikado, während draußen dieser stetige, nebelige Regen fiel. Der Junge lag auf dem Sofa und sah uns dabei zu. Bumpie ist ein phantastischer Mikadospieler gewesen. Der beste.

Die Polizisten kamen in der Dämmerung. Sie kamen in zwei Autos die Wiese hoch, was dramatisch aussah – die Scheinwerfer im Zwielicht, der Sprühregen in den Lichtkegeln der Scheinwerfer –, und sie stiegen zeitgleich aus, ein Kommissar in einem glänzenden Lackmantel und fünf Polizisten mit Maschinengewehren. Sie kamen nicht besonders eilig, aber sehr zielstrebig auf die Terrasse, und Martha hat noch versucht, die Terrassentür zuzuschieben, so war Martha auch, sie hat sich verantwortlich gefühlt. Und selbstverständlich war das töricht, der Kommissar stand schon auf der Schwelle, und er schob die Tür wieder auf und sagte in den Raum hinein, wir haben einen Hausdurchsuchungsbefehl, und mehr sagte er nicht.

Sie hatten sicher keinen Hausdurchsuchungsbefehl.

Sie durchsuchten das Haus trotzdem. Sie rissen uns alle auseinander, sie trennten uns und stießen uns in verschiedene Zimmer hinein. Der Kommissar stieß mich in mein kleines Zimmer mit der Matratze, dem Moskitonetz, dem dreibeinigen Hocker und dem türkisen Brett, und er schüttete die Blechkiste, in der ich die Dinge meiner Reise mit Martha unsinnigerweise gesammelt und aufgehoben hatte, auf dem Fußboden aus. Er zertrat sie mit der Spitze seines Schuhes – Muscheln, Haarspangen, Streichholzschachteln, er zertrat das so, wie man die Glut einer Zigarette austritt.

Den Jungen nahmen sie mit. Sie nahmen auch Squeekie und Bumpie mit, aber es machte den Eindruck, als würden sie sie an der nächsten Straßenecke wieder aussteigen lassen. Sie nahmen vor allem den Jungen mit, und er trug, als sie ihn ins Auto stießen, nichts als eine weiße Unterhose, er blutete und hielt sich die Hände vor das Geschlecht, und das war das letzte Mal, dass wir ihn sahen.

Bumpie und Squeekie hatten uns zum Abschied nichts zu sagen. Der Kommissar stieg ins Auto, und dann stieg er noch einmal aus und kam zurück zur Terrasse, auf der Martha und ich standen, und hinter uns war das verwüstete Haus, die zerbrochenen

Mikadostäbchen; und er sagte, er wolle uns darauf hinweisen, dass wir ab jetzt alleine hier oben seien.

Ganz und gar völlig alleine und auf uns gestellt, er wollte, dass wir uns das klarmachten, es war ihm wichtig. Es lag ihm am Herzen. Er fügte hinzu, sie kämen nämlich wieder, das sei das Einzige, was sich hier mit Sicherheit sagen ließe – sie würden wiederkommen.

Und dann? Was war dann.

Was fällt mir noch ein, wenn ich mir dieses Foto ansehe, Martha und ich vor einer Hütte aus verwittertem Holz mit einer geschlossenen Tür und einem schmutzigen Fensterchen hinter einer Jalousie aus Stroh, und wer um alles in der Welt hat eigentlich dieses Foto gemacht, wer hat uns so gesehen, Zach jedenfalls war es nicht. Mir fällt diese besondere Art ein, mit der Martha meinen Namen aussprach, ihre Angewohnheit, in die Sätze, die sie zu mir sagte, immer wieder meinen Namen einzuflechten, als würde sie mich wirklich meinen oder als wollte sie mir zeigen, wie sehr sie mich meinen würde. Aber ich fürchte, letztlich bin ich darauf nie eingegangen.

Ja – was war dann.

Würdest du uns das heute fragen, an einem solchen Abend – einem Geburtstagsfest, einer Ausstellungseröffnung, einem Konzert oder einer Beerdigung, wir lehnen an der Wand, wir haben jede ein Glas Sekt in der Hand, und unabhängig voneinander neigen wir alle beide zum Verstummen, zu langen, in sich gekehrten Pausen im Gespräch –, würdest du uns das heute fragen, könnten wir dir keine Antwort geben. Ich bin mir sicher, dass auch Martha dir keine Antwort geben könnte, weder Martha noch ich können uns daran erinnern, wie es dann weitergegangen ist. Wir wissen es nicht mehr. Wir stehen im Grunde bis heute, wir stehen noch immer barfuß und Hand in Hand auf der Terrasse dieses Hauses auf der Insel, und über die schönen blauen Berge kommt in großen Schritten schon die Nacht.

## PAPPELPOLLEN

Markovic hatte den Motor laufen lassen, als würde seine Schwester Bojana eine Bank überfallen. Selma hatte hinten gesessen. Muss im Winter gewesen sein, es war eiskalt, schon dunkel, und es stürmte. Bojana kam über den Parkplatz gerannt, ließ sich auf den Beifahrersitz fallen, und Markovic gab Gas, noch bevor sie die Tür zuziehen konnte. Er zeigte über die Schulter nach hinten zu Selma und sagte, das ist meine neue Freundin. Sieh sie dir mal an, gefällt sie dir? Bojana hatte sich zu Selma umgedreht und sie angesehen, dann hatte sie gesagt, apart.

Sie hatten Bojana einfach nur von der Arbeit abgeholt. Auf diese Weise. So hatte Selma Bojana kennengelernt.

Zehn Jahre später lassen Selma und Markovic sich scheiden. Lässt Selma sich von Markovic scheiden. Kann sein, dass sie ihn noch mal heiraten wird, aber erst mal lässt sie sich scheiden, sie ist erst mal erschöpft. Sie muss sehen, wie es weitergehen soll. Sie ist Mitte vierzig, irgendwas in ihrem Leben muss zur Ruhe kommen. Sie selber muss zur Ruhe kommen, und mit Markovic zusammen geht das einfach nicht.

Während der Scheidung geht sie Bojana aus dem Weg. Vielleicht befürchtet sie, Bojana könne versuchen, sie umzustimmen. Vielleicht tut es weh, Bojana zu sehen, weil Bojana verheiratet ist und bleibt. Sie ist seit sagenhaften siebenundzwanzig Jahren mit Robert verheiratet, Selma hat zu Beginn ihrer eigenen Ehe zu Markovic gesagt, wir werden so sein wie deine Schwester und ihr Mann. Sie hatte sich das so vorgestellt. Lange her. Nach der Scheidung trifft sie sich wieder mit Bojana. Sie braucht eine Weile, dann ist sie so weit. Sie liebt Bojana, es ist unsinnig, ihr aus dem Weg zu gehen.

Bojana ruft Selma an und sagt, komm doch vorbei. Komm auf ein Glas Wein vorbei.

Selma nimmt an, dass Markovic an den Tagen, an denen Bojana anruft, weit weg ist. Dass er nicht zufällig auch bei Bojana auf ein Glas Wein vorbeikommen wird. Sie hat nie wirklich mit Bojana darüber gesprochen, sie glaubt, dass es eine wortlose Verständigung zwischen ihnen gibt. In der Wohnung, in der Bojana und Robert seit fünfundzwanzig Jahren leben, steht der große Tisch in der Mitte der Küche, über dem Tisch dreht sich ein Mobile aus Planeten, das Bojanas jüngste Tochter gebastelt hat. Die Balkontür geht auf den Hof raus, in der Ecke stapelt sich das Altpapier, der Holzfußboden ist abgenutzt, an der Wand hängt buntes Krikelkrakel von Bojanas Enkelkindern, Gruppenfotos der Familiengeburtstage, hängen die Horoskope, die Bojana für ihre Töchter, die Männer ihrer Töchter, die Freundinnen ihrer Töchter, für Robert und für Markovic erstellt. Ganz am Anfang, vor über zehn Jahren, gab es auch ein Horoskop für Selma und für Markovic zusammen. Ein vielversprechendes Horoskop, eine so rosige Zukunft, Bojana hatte gestaunt über die ungewöhnlich günstige Konstellation, aber sie hatte auch Bedenken gehabt, sie hatte Warnungen ausgesprochen. Sowohl Selma als auch Markovic hatten das für nicht der Rede wert gehalten. Sie hatten sich nicht darum gekümmert.

Robert deckt den Tisch. Er deckt Holzbrettchen und Weingläser, stellt Käse, Oliven und Brot dazu. Er ist immer derjenige, der den Tisch deckt, seine Neigung für Holzbrettchen irritiert Selma, ohne dass sie das begründen könnte. Bojana fängt immer irgendwas an, lässt es sein und fängt was anderes an. Sie stellt die Flasche Wein auf den Tisch und sagt, ich mach uns eine gute Flasche Wein auf. Aber dann legt sie den Flaschenöffner auf der Geschirrspülmaschine ab und öffnet den Kühlschrank, ohne was rauszunehmen, und dann holt sie erst mal ihre Zigaretten. Robert macht den Wein auf.

Bojana sagt, es ist ganz klar, dass du heute kommen musstest, Selma. Kann gar nicht anders sein, bei so einer wunderbaren Venus in den Fischen und Saturn im siebten Haus. Ganz, ganz klar!

Robert ist Bildhauer. Der Zentaur mit zwei Schwänzen, der im Hof vor der Fliederhecke steht, ist von ihm. Er nennt Bojanas astrologische Deutungen einen Hokuspokus. Aber er hört ihr trotzdem gerne zu – scheinbar gefallen ihm die Worte, die Bilderwelten dahinter, all diese Planeten und Transite, Sonnenbogendirektionen, die Radix, die Vorstellung von einem siebten Haus. Robert ist Selma gegenüber anfangs ziemlich zurückhaltend gewesen, er hat sie, wenn Selma es genau nimmt, behandelt, als wäre sie ein Spion. Heute ist das anders. Seitdem sie sich von Markovic hat scheiden lassen, ist das anders.

Er sagt, setz dich, Selma. Nimm dir was zu essen. Iss und trink.

Bojana und Robert sind zusammen in Georgien gewesen. Sie haben getrockneten Granatapfel und georgischen Schnaps mitgebracht.

Bojana sagt, diesen Schnaps haben Robert und ich im Hotel mit einem Zuhälter und seiner Nutte getrunken.

Und was hast du dann gefragt, sagt Robert. Er will, dass sie es vorführt, sie soll es so vorspielen, wie es in dem georgischen Hotel gewesen ist. Was genau hast du den Zuhälter dann gefragt.

Ich habe den Zuhälter nach der Liebe gefragt, sagt Bojana würdevoll. Ich habe gesagt, was denken Sie über die Liebe?

Und was hat der Zuhälter dir geantwortet, sagt Robert.

Er hat gesagt, ich schlage dir gleich die Fresse ein, sagt Bojana. Das hat er gesagt.

Und dann lacht sie, schallend, empört und begeistert zugleich.

Grundgütiger, sagt Robert. Lieber Gott im Himmel. Das muss man sich mal vorstellen. Wie kann man so etwas fragen. Selma. Sei ehrlich. Würde dir das auch passieren? Wärst du auch zu so was in der Lage?

Ich würde jedenfalls auch wissen wollen, was einem Zuhälter zur Liebe einfällt, sagt Selma freundlich.

Was soll einem Zuhälter dazu schon einfallen, sagt Robert.

Er schenkt Wein nach und schiebt Selma das Brett mit dem Käse und den Oliven hin, er schneidet neue, schwere Scheiben vom Brot. Er schüttelt den Kopf – wie kann man nur so dumm sein.

Er sagt, jedenfalls hat Bojana sich ein Pferd gekauft. Weißt du das schon? Hat sie's dir schon erzählt? Das ist das Neueste. Sie hat sich ein Pferd gekauft und ein Stück Weide dazu, und sie fährt jeden Tag zu dem Pferd raus und füttert es mit Äpfeln und mit Nüssen.

Und mit Karotten, sagt Bojana. Mit Äpfeln, Nüssen und Karotten, und ich gebe auch Leinöl dazu, stell dir das vor. Dieses Pferd ist unfassbar schön. Es ist viel zu schön. Die Autos halten auf der Landstraße an, und die Leute steigen aus und rufen das Pferd und streicheln es, und dann stopfen sie es mit schlechtem Zucker voll. Wenn ich es nicht mit Leinöl und Karotten füttern würde, würde es eingehen. Es würde elendiglich krepieren.

Kannst du es reiten, sagt Selma. Sie hat das Gefühl, sie sollte langsam auch mal was sagen.

Na, noch nicht, sagt Bojana ausweichend. Es ist zu jung. Es ist noch zu jung. Irgendwann reite ich es. In Zukunft. Vielleicht.

Es ist nämlich so, sagt Robert, dass nicht ganz

klar ist, wer da mehr Angst vor wem hat. Bojana vor dem Pferd oder das Pferd vor Bojana. Aber das gibt sich, nicht wahr Bojana? Das gibt sich noch. Wenn erst der Mond in den Fischen steht, dann wird das alles anders.

Und er streicht Bojana mit seiner großen Hand über das Haar.

An diesem Abend in der Küche stellt Robert gegen Mitternacht fest, dass es nach Rauch riecht.

Riecht ihr das? Na, Bojana, du riechst ja kaum noch was, aber Selma, riech doch mal, es riecht ganz deutlich nach Rauch.

Er hat recht, es riecht nach Rauch. Komischerweise machen Bojana und Selma sich keine Sorgen. Sie machen sich nichts draus. Robert geht in den Hausflur. Die Türen der Nachbarn klappen auf und zu, und jemand ruft nach der Feuerwehr. Bojana beugt sich über die Brüstung vom Balkon und sagt sachlich, also der Hof ist schon ganz vernebelt. Dann holt sie den georgischen Schnaps und zwei kleine Gläser aus dem Schrank, setzt sich zurück an den Tisch, macht die Flasche auf und gießt Selma ein und sich selber auch.

Sitzen wir in einem brennenden Haus, sagt Selma.

Das tun wir, sagt Bojana. So sieht es aus. Wir sitzen in einem brennenden Haus. Wir stoßen in einem brennenden Haus miteinander an, und im Übrigen tun wir das grundsätzlich.

Sie heben die Gläser und trinken, und dann küssen sie sich auf beide Wangen.

Wie geht es Markovic, sagt Selma. Die Frage kommt schlicht und einfach aus ihr heraus, sie kann sie nicht zurücknehmen.

Wie geht es ihm.

Ach, Markovic, sagt Bojana. Markovic. Wie soll's ihm gehen?

Am Ende ist es nur Pappelpollen gewesen. Der weiße, flauschige, leichte Schnee der Pappelsamen, vom Wind in die Ecke des Hofes gedrückt, hinter den Zentaur mit den zwei Schwänzen gedrückt, eine Selbstentflammung. Manchmal kommt das vor, und weiter war nichts. Als die Feuerwehr wieder abgerückt war, hatte die Küche nach nasser Erde gerochen, nach Rauch und Sommer.

Robert hatte zum Abschied zu Selma gesagt, du hast das Grenzenziehen gelernt. Mit Markovic hast du ein für alle Mal gelernt, wo deine Grenze ist.

Er war betrunken gewesen und hatte sie so umarmt, wie in all den Jahren mit Markovic nicht, und Selma war mit diesem Satz nach Hause gegangen, und am nächsten Morgen war er ihr als Allererstes wieder eingefallen.

Was für eine Grenze?

Und warum war das tröstlich und schrecklich zugleich.

Und all das ist eine Weile her. Schon einige Jahre her. Robert ist dann doch noch von Bojana weggegangen, er hat von einem Tag auf den anderen die Scheidung eingereicht und soll jetzt mit einer Frau zusammenleben, die fünf Jahre älter ist als Bojana, bevorzugt Netzstrümpfe trägt und sich die langen Haare hennarot färbt. Das ist, was Selma so hört, sie sieht Robert nicht mehr. Sie sieht Bojana. Bojana fährt am Abend eines jeden Tages raus zu ihrem Pferd, und sie steht Schulter an Schulter mit dem Pferd auf der Wiese, sie hält die Hand an das weiche Pferdemaul, und dann gehen sie ein Stück den Feldweg runter und wieder zurück. Manchmal fährt Selma mit raus und sieht zu. Bojana sagt zu Selma, dass sie nicht weiß, ob ihr noch genug Zeit bleiben wird, all das zu verstehen. Zu verstehen, warum Robert weg ist. Mit wem genau sie eigentlich fast ihr ganzes Leben, sie über die Hälfte ihres Lebens verbracht hat.

Selma denkt manchmal an die Nacht mit den Pappelpollen zurück. An das Wort Selbstentflammung, an den Fachausdruck. Sie denkt, Liebe könnte eine Selbstentflammung sein, aber auch dieser Gedanke hat keine Beständigkeit, und sie verwirft ihn wieder.

## MANCHE ERINNERUNGEN

Greta liegt auf der Chaiselongue, sie sagt, sie fühlt sich nicht. Nichts Schlimmes, keine Schmerzen, sie fühlt sich einfach nicht.

Sie sagt, morgen stehe ich mal wieder auf. Oder spätestens übermorgen. Versprochen.

Maude sagt, ich werde Sie beim Wort nehmen. Ich werde anrufen und Sie daran erinnern, dass Sie mal wieder aufstehen wollen. Ansage.

Greta nickt. Wie ein Kind, so als würde sie das glauben, was Maude sagt.

Maude sagt, ich bin nämlich in zwei Tagen weg. Erinnern Sie sich? Ich fahre weg. Ich fliege übermorgen in den Urlaub.

Ach ja, sagt Greta. Wohin noch mal?

An den Lago d'Iseo, sagt Maude laut. Nach Italien, an den Lago d'Iseo.

Lago d'Iseo, aha, sagt Greta.

Maude wohnt seit fast einem halben Jahr bei Greta. Sie hätte nicht geglaubt, dass sie so lange bleiben würde – wenn sie ehrlich ist, hätte sie vermutet, dass es anstrengend sein könnte, mit Greta zusammenzuwohnen –, aber das halbe Jahr ist beinahe um, und bisher hat sie nicht darüber nachgedacht, sich ein anderes Zimmer zu suchen. Greta lebt in einem großen Haus am Park. Sie ist zweiundachtzig Jahre alt, über fünfzig Jahre älter als Maude. Sie hat das große Haus mit ihrer Familie bewohnt, drei Stockwerke und sieben Personen, Greta, ihr Mann Albert und fünf Kinder. Unvorstellbare fünf Kinder, wobei drei dieser Kinder aus Alberts erster Ehe stammten, Greta hatte zwei eigene. Es gab einen Hund und etliche Katzen. Albert ist tot. Die Kinder sind weg. Der Hund ist auch tot, von den Katzen ist eine übrig geblieben, eine dreifarbige Glückskatze, die auf dem linken Auge blind ist. Greta bewohnt die Räume im Erdgeschoss des Hauses. Das ehemalige Esszimmer ist ihr Schlafzimmer, und das Wohnzimmer ist Wohnzimmer geblieben, sie hat ein eigenes Bad, vermietet zwei Zimmer im ersten Stock und das Dachgeschoss, und die Küche ist für alle da, der Garten auch. Der Garten ist wunderbar. Weitläufig und verwildert, es gibt Pfade zu Inseln voller Königskerzen und Lupinen, und Greta hat als junge Frau eine Schwäche für Sommerflieder gehabt, ihre Sommerfliederbüsche stehen dicht wie ein Wald.

Maude wird das Vorstellungsgespräch nicht vergessen. Greta saß in der Küche, sie war mit Abrechnungen von Strom und Gas beschäftigt gewesen, abgelenkt und unkonzentriert, sie hatte auf Maude einen verwirrten Eindruck gemacht. Hager und bucklig, die weißen Haare kurz geschnitten – offenbar selber kurz geschnitten –, und ihr Gesicht sah männlich aus und ernst, nur die Augen hatten etwas Luzides, blau und sehr hell, und am Anfang musste Maude den Blick abwenden, wenn Greta sie ansah. Die Küche war durcheinander gewesen, nicht dreckig, aber unaufgeräumt, und es war nicht ersichtlich, ob das an Greta lag oder an den anderen Mitbewohnern. Greta hatte in ihren Papieren geblättert, ihre Hände waren Maude riesig vorgekommen, braungebrannt, fleckig, verdickte Fingergelenke und die Handgelenke schon nach innen gekrümmt.

Lesen Sie Bücher, hatte Greta gefragt, sie hatte gefragt, ohne Maude anzusehen, beiläufig und eher desinteressiert. Haben Sie irgendwelche komplizierten psychopathologischen Beziehungen, so dass ich davon ausgehen könnte, dass hier die Türen geschlagen und Sie weinend an meinem Küchentisch sitzen werden. Was arbeiten Sie, arbeiten Sie überhaupt? Haben Sie schon mal mit einem alten Menschen zu tun gehabt? Nehmen Sie Drogen. Machen Sie irgendwas mit fernöstlicher Meditation. Waschen Sie sich die Hände, bevor Sie zu Abend essen? Leben Sie gerne. Wertschätzen Sie das, was Sie haben? Wertschätzen Sie Ihr Leben?

Also, offen gestanden lese ich nicht allzu viel, hatte Maude geantwortet. Ich hab mal eine Weile Kriminalromane gelesen, aber das ist schon lange her, und wenn's da irgendwas Schreckliches gab in diesen Büchern, hab ich das nicht vergessen können, also hab ich wieder damit aufgehört. Ich weiß nicht, was Sie meinen mit psychopathologisch, im Moment hab ich jedenfalls keine Beziehung, und ich werde sicher nicht so bald wieder eine haben, und auf gar keinen Fall werde ich weinend an Ihrem Küchentisch sitzen. Ich bin Kellnerin. Ich hab das nicht gelernt, aber ich kann es, und ich arbeite in dem mexikanischen Restaurant oben am Bahnhof. Ich rauche Marihuana. Wenn ich Feierabend habe, drehe ich mir einen Joint, und den rauche ich, bevor ich schlafen gehe, und Sie werden mir das sicher nicht verbieten können. Der letzte alte Mensch, mit dem ich zu tun hatte, war meine Großmutter, aber da war ich noch ein Kind. Ist ein alter Mensch irgendwie was anderes? Ich hab gar nichts mit Meditation zu tun, und ich wasche mir die Hände dreimal am Tag.

Sie hatte Greta mit verschränkten Armen gegenübergesessen. Sie hatte gedacht, jede ihrer Antworten sei falsch gewesen – vor allem die Sache mit den Büchern –, aber Greta hatte freundlich von ihren Rechnungen hochgesehen und gesagt, und das Leben? Wie ist es mit dem Leben. Sie haben meine letzte Frage nicht beantwortet.

Keine Ahnung, hatte Maude gesagt. Weiß ich nicht, ob ich gerne lebe, ob ich das Leben wertschätze. Sollte ich?

Tja, das weiß ich auch nicht, hatte Greta gesagt, mit einem Lächeln, das für Maudes Begriffe so rätselhaft aussah, dass es ihr kalt den Rücken runterlief. Das Zimmer kostet 300 im Monat. Sie können raufgehen und es sich ansehen. Kommen Sie in einer Viertelstunde wieder runter und sagen Sie mir Bescheid. Ich warte hier auf Sie. Im Übrigen müssen Sie sich, wenn Sie hier einziehen wollen, nicht um mich kümmern. Auf gar keinen Fall.

Maude war hochgegangen und hatte eine Viertelstunde in der Mitte des Zimmers gestanden, das groß war, licht und unmöbliert, bis auf einen krummen Ast, der an zwei Seilen befestigt von der Decke hing und möglicherweise eine Kleiderstange darstellen sollte. Auf dem Fensterbrett lagen Muscheln, als hätte sie jemand dort vergessen, und am Lichtschalter klemmte eine Postkarte mit einem Schiff vor einem zitronengelben Himmel. Die Fenster standen offen, und Maude konnte den Wind in den Tannen hören und das Geräusch der Fahrräder auf den Sandwegen im Park und unten in der Küche leises Geklapper. Sie war wieder runtergegangen und hatte zu Greta gesagt, ich würde das Zimmer gerne mieten, und Greta hatte gesagt, wunderbar, machen Sie das!

Das war vor einem halben Jahr gewesen. Die chilenische Studentin, die unter dem Dach gewohnt hatte, ist zurück nach Chile gegangen, und der Buchhalter, der eine Weile das Zimmer neben Maudes Zimmer gemietet hatte, hat geheiratet und ist mit seiner Frau in eine Wohnung auf der anderen Seite des Parks gezogen. Seit zwei Monaten ist Maude mit Greta alleine im Haus, und sie hat das Gefühl, dass Greta nicht wirklich nach neuen Mietern sucht, es hat sich niemand vorgestellt, und soweit sie weiß, hat Greta die Zimmer auch nicht annonciert. Maude ist gerne alleine mit Greta, aber sie findet etwas an diesem Zustand auch beunruhigend, und nun wird sie diese Reise machen, Greta wird im Haus zurückbleiben, und das kommt Maude schwierig vor. Sie besucht Greta am frühen

Mittag – sie nennt es so, Greta besuchen, es bedeutet, dass sie an Gretas Wohnzimmertür klopft oder im Sommer auf die Terrasse geht, dass sie sich eine Stunde, zwei Stunden zu Greta setzt. Maude mag Gretas Wohnzimmer. Ein verwunschenes Zimmer, Pflanzen, die sich an der Terrassentür drängen, vollgestellt, unordentlich – die Unordnung in der Küche ist Gretas Unordnung gewesen, Maude hat nicht lange gebraucht, das herauszufinden –, ein Zimmer wie eine Höhle. An allen Wänden ziehen sich Regale entlang, und die Bücher stehen nicht nur in einer, sie stehen in zwei, manchmal drei Reihen. Sie stapeln sich in den Ecken, auf dem Tisch und um die Chaiselongue herum. Manchmal sortiert Greta Bücher aus und will sie weggeben, aber dann kann sie sich nicht trennen. Sie hat Maude erzählt, dass es möglich sei, im Leben ungefähr viertausend bis fünftausend Bücher zu lesen. Viertausend bis fünftausend, für Maude ist das unfassbar viel. Sie hatte Greta gefragt, ob sie all diese Bücher im Wohnzimmer gelesen hätte, und Greta hatte düster geantwortet, nicht einen Bruchteil davon, sie hatte das wiederholt – nicht einen Bruchteil. Anfangs hatte Maude ihr manchmal vorgelesen. Es hatte sich so ergeben, sie war auf Gretas Anweisung hin mit geschlossenen Augen ans Regal getreten und hatte irgendein Buch aus der Reihe gezogen, einen Absatz daraus vorgelesen, und es war deutlich zu merken gewesen, dass Greta sehr wohl jedes einzelne Buch kannte, ihre Reaktionen gingen von entzückt bis hin zu angewidert. Wenn Maude ihr abends vorlas, nach Feierabend, wenn sie im Garten ihren Joint geraucht hatte und leicht bekifft zu Greta ins Zimmer trat, schien es ihr, als hätten Zimmer, Bücher und Greta eine gemeinsame Struktur, wie ein Gewebe, ein Gitterwerk aus einem Material, für das es keinen Namen gab. Aber in letzter Zeit hatte Greta auf das Vorlesen verzichtet. Zu viel für meine Nerven, sie hatte gesagt, das ist jetzt langsam, aber deutlich viel zu viel für meine Nerven, und Maude war vor den Regalen stehen geblieben wie vor einem Spalt im Fels, der sich verschließt. Sie hatte sich von den Seiten, aus denen sie vorgelesen hatte, zwei Sätze eingeprägt, sie hatte zwei Sätze auswendig gelernt. Den Satz »Nachhall von Liedern und von Leidenschaften wirft das Gedächtnis ab, bis nichts mehr bleibt« und den Satz »am Ende läuft uns das weiße Zicklein davon, und wir verwaisen«; Greta hatte gesagt, der erste Satz würde sicher nicht für Maude, sondern für sie selber, für Greta, gelten. Maude hatte gesagt, also für mich gilt weder das eine noch das andere. Ich find's nur schön. Ich mag weiße Zicklein. Es sind schöne Sätze, verstehen Sie, was ich meine? Und traurige Sätze, hatte Greta ergänzt, und Maude hatte sich darauf eingelassen. Ja. Und auch traurige Sätze. O. k.

Sie klopft an die Wohnzimmertür, eine Schiebetür mit Bleiglasscheiben, sie kann hinter den Weinranken und Trauben nichts erkennen. Es dauert einen Moment, bis Greta antwortet, und Maude schiebt die Tür mit Herzklopfen auf. Es stimmt, dass sie sich nicht um Greta kümmern muss, aber das ändert nichts daran, dass sie an Greta denkt.

Greta liegt auf der Chaiselongue. So wie gestern – gestern hat sie auch schon gelegen und ist nicht aufgestanden. Die Chaiselongue steht vor einem Wandteppich, auf dem sich Krieger mit Helmen und Lanzen sammeln, der kleine Tisch quillt über von Zeitungen, Papieren, alten Briefen; Korrespondenzen, so nennt Greta das, meine Korrespondenen. Sie muss immer aufpassen, dass sie nicht die Zeitung auf den Aschenbecher mit der brennenden Zigarre legt. Sie stapelt ihre Zigarrenkisten zu Türmen, in denen sie Zettel und Zeitungsausschnitte sammelt, sie macht sich Stichpunkte auf Zetteln, die sie überall herumliegen lässt. Manchmal fragt sie Maude. Sie sagt, Maude, wissen Sie noch, warum ich mir das aufgeschrieben habe? Gletschermilch. Warum habe ich mir das merken wollen? Und sie murmelt vor sich hin und schüttelt den Kopf und sagt Gletschermilch, Gletschermilch.

Maude steht an der Chaiselongue, die Hände in die Seiten gestützt. Sie sieht Greta an, sonst sieht Greta zurück, und sie merkt häufig, wenn Maude niedergeschlagen ist, und sie merkt auch, wenn Maude richtig glücklich ist, und manchmal sagt sie was dazu. Aber heute scheint sie nicht in Stimmung zu sein, überhaupt was zu sagen. Sie liegt auf dem Rücken, die großen Hände auf dem Bauch gefaltet, und sieht die Zimmerdecke an. Die Katze liegt an ihrer Seite. Greta sagt matt, was macht der Mexikaner. Tacos und Burritos. Haben Sie schon Feierabend, oder hat man Sie gefeuert. Entschuldigen Sie meine Verfassung, aber ich fühle mich nicht. Ich fühle mich auch heute nicht wohl, das ist alles.

Ich mach uns einen Kaffee, sagt Maude. Ich mach uns Kaffee, der Tote weckt, und dazu ein Brot mit Quark und Marmelade.

Die Toten sollen bleiben, wo der Pfeffer wächst, sagt Greta, aber sie richtet sich doch auf, setzt sich hin und fängt an, auf dem Tisch nach ihrer Brille zu suchen.

Maude kocht den Kaffee, und sie macht ein Brot für Greta und eines für sich. Sie kommt mit dem Tablett zurück ins Wohnzimmer und stellt das Tablett auf den Stuhl neben die Chaiselongue, sie sagt, soll ich mal die Terrassentür aufmachen, und Greta nickt zustimmend oder zerstreut. Maude schiebt die Tür weit auf, die Katze springt auf den Boden, streicht an ihren Beinen entlang und verlässt lautlos das Haus. Sie sehen beide eine ganze Weile schweigend raus, fast überrascht, so viel Sonnenlicht auf den noch kahlen Bäumen. Frühling, die kühle Luft, die ins Zimmer dringt, riecht nach frisch gemähtem Rasen.

Ich erinnere mich an den Lago d'Iseo, sagt Greta schließlich. Lago d'Iseo, da fahren Sie doch hin, oder? Ich bin da auch schon mal gewesen.

Ja?, sagt Maude. Sie dreht sich zu Greta um. Wann war das? Trinken Sie einen kleinen Schluck Kaffee, mir zuliebe, ich hab ihn mexikanisch gemacht – bisschen Muskatnuss dazu und ein Löffelchen Kakao. Wann sind Sie am Lago d'Iseo gewesen.

Greta sagt, das ist lange her. Fünfzig Jahre? Noch länger? Ich war ungefähr so alt, wie Sie es jetzt sind. Das ist eine eindrucksvolle Landschaft, die Berge um den See herum sind beeindruckend. Herrlich geradezu. Aber auch morbide. Nicht meine Landschaft eigentlich. Ganz und gar nicht meine Landschaft.

Sie nimmt die Tasse von der Untertasse und pustet hinein. Sie trägt eines ihrer Hemden aus Leinen und ihre Armreifen, mehrere schmale silberne Armreifen, aus irgendeinem Grund findet Maude es beruhigend, dass Greta sich auch heute Morgen diese Armreifen umgelegt hat. Sie trinkt einen winzigen Schluck. Sie sagt, der Muskat im Kaffee ist eine gute Idee, dann stellt sie die Tasse wieder ab.

Ich war noch nie da, sagt Maude. Ich hab nur gedacht, man kann da baden gehen. Es wird heiß sein, ich möchte baden und mich sonnen und Campari trinken, mehr will ich gar nicht.

Ich war baden, sagt Greta. Sie sieht plötzlich aus, als wenn sie ein wenig Fieber hätte, errötet und blass zugleich. Ich war baden, so wie Sie baden gehen werden. Ich hab mich gesonnt und Campari getrunken und gelesen. Das Wasser ist wunderbar, eiskalt, dunkelblau, dieser See ist sehr, sehr tief. Kieselsteinstrand. Es ist wirklich so viel Zeit vergangen, aber ich erinnere mich an den Strand und an manche Namen. Riva di Solto. Lovere. Paratico. Es gab da einen Unfall, daran erinnere ich mich auch.

Ein Unfall, sagt Maude. Sie zieht sich einen Stuhl an den Tisch und setzt sich. Sie trinkt von ihrem Kaffee, und sie isst ihr Brot, und dann isst sie das Brot, das sie für Greta gemacht hat, sie hat den sicheren Eindruck, dass Greta es nicht essen wird. Die Krieger auf dem Wandteppich stehen hinter

Greta wie eine Gefolgschaft. Stehen hinter Greta wie Ahnen. Greta sieht an Maude vorbei, also sagt sie das noch mal. Ein Unfall?

Ein Badeunfall, sagt Greta. Sagt man so? Ich hatte ein Handtuch, das grün und rot gestreift war. Einen Liegestuhl, nahe am Wasser. Im Wasser stand eine Familie, Sie werden das erleben, das hat sich sicher nicht geändert, diese Italiener schwimmen eigentlich nicht. Sie stehen im Wasser herum, sie stehen im Wasser und reden. Erwachsene und Kinder. Eines dieser Kinder hatte ein Boot, ein kleines Boot aus Holz, sehr feines Boot mit einem weißen Segel. Das Boot trieb ab. Ich hab's abtreiben sehen. Vielleicht hätte ich das sagen sollen. Darauf aufmerksam machen sollen.

Greta sagt, ich sollte das nicht erzählen. Nicht darüber sprechen.

Blödsinn, sagt Maude. Ich bin nicht aus Zucker. Wie ging's weiter?

Greta sagt, das Boot trieb ab. Es trieb ab, und sie sahen es zu spät, es war schon zu weit draußen, als sie's sahen. Dieser kleine Junge fing an zu weinen. Und sein Vater schwamm dem Boot hinterher, ein athletischer Mann, kräftige, sichere Schwimmzüge, es sah eine ganze Weile gut aus. Aber dieser See ist tückisch. Es gibt Strömungen, Strudel, eiskalte Stellen. Wer weiß das.

Und dann, sagt Maude zögernd.

Er kam nicht zurück, sagt Greta. Ich hab nicht die ganze Zeit hingesehen. Was hab ich gemacht – ich hab gelesen, geschlafen, ich habe mich gesonnt. Als ich wieder hinsah, war er immer noch nicht zurückgekommen, und die ganze Familie befand sich in einem Zustand der – wie soll ich es sagen. In einem Zustand der Hysterie. Über den Strand kamen zwei Carabinieri. Wie seltsam sie aussahen, ihre Uniformen, ihre schwarze, offizielle Strenge zwischen den Badenden.

Scheint so, denkt Maude, als wäre Greta in ihrer Erinnerung angekommen. In ihrer Vergangenheit. Oder als werfe sie ihre Erinnerungen ab? Wie Blätter, wie eine Haut.

Maude sieht Greta an, ihr liegt eine Frage auf der Zunge.

Haben Sie ihn gekannt? Den athletischen Mann, der dem Boot hinterhergeschwommen ist, den Vater des kleinen Jungen. Kannten Sie einander? Warum haben Sie nichts gesagt, als Sie das Boot haben wegtreiben sehen.

Aber sie fragt nicht. Nein, sie fragt nicht.

Ja, sagt Greta. So war das. Aber Ihnen wird das gar nicht passieren am Lago d'Iseo. Sie werden nicht so weit rausschwimmen, Maude. Sie werden auf sich aufpassen.

Soll ich Ihnen mal Ihre Strickjacke bringen, sagt Maude.

Das wäre sehr freundlich, sagt Greta abwesend.

Maude holt Gretas Strickjacke aus dem Schlafzimmer. Sie streift die Fotografien, die über dem Bett hängen – Fotos von Gretas Mann, den Kindern, dem Hund und dem Haus, Gretas ganzes langes Leben –, mit einem Blick. Zu wenig Zeit. Zu wenig Zeit, um Greta zu entdecken, Gretas Ausdruck vor einem halben Jahrhundert. Sie kommt ins Wohnzimmer zurück und legt Greta die Strickjacke um die Schultern, und sie spürt, dass Greta diese Berührung nicht unangenehm ist, noch nicht fremd geworden ist.

Sie sagt, ich muss noch mal los. Ich muss noch dieses und jenes besorgen, und ich muss den Koffer packen. Ich bin zwei Wochen weg, ich glaube, das hab ich noch gar nicht gesagt. In zwei Wochen bin ich wieder da.

Sie sagt, kommen Sie klar? Sie kommen zurecht, so alleine, oder?

Heil dir, schöne Bucht, in der meine Jugend erblüht, sagt Greta.

Sie sagt, es fallen einem wirklich die merkwürdigsten Dinge wieder ein, von einem Moment auf den anderen. Bucht, in der meine Träume erwachten. Sicher komme ich zurecht, alleine. Machen Sie sich keine Gedanken. Gute Reise, Maude. Machen Sie's gut.

## GEHIRN

Philipp und Deborah versuchen einige Jahre lang, ein Kind zu bekommen, als sie es aufgeben, ist Philipp schon fünfzig Jahre alt. Er würde das Thema eigentlich gerne einfach fallen lassen, er hat den Eindruck, er könnte sein Leben auch ohne ein Kind auf eine vernünftige Weise zu Ende bringen. Er ist ein erfolgreicher Fotograf, es gibt noch einige Dinge auf dieser Welt, die er fotografieren, mit denen er sich beschäftigen möchte, es ist nicht so, dass ihm nichts mehr einfallen würde. Aber Deborah sieht das anders. Deborah hat das Gefühl, ohne ein Kind nicht glücklich sein zu können, sie hat das Gefühl einer schrecklichen Unvollkommenheit, als wäre ihr ohne ein Kind ein ganz entscheidender Anteil an Wissen ein für alle Mal verwehrt.

Sie sagt es so.

Sie wiederholt das immer und immer wieder. Sie

sagt, es kommt mir so vor, als ob ich ohne ein Kind nicht mehr atmen könnte, und es gibt nichts, was Philipp darauf zu erwidern wüsste.

Also einigen sie sich auf eine Adoption.

Damals sind sie verheiratet, und sie sind wohlhabend, Deborah hat Geld mit in die Ehe gebracht, sie kommt aus gutsituierten Verhältnissen. Geld ist nicht das Problem. Das Problem ist Philipps Alter, er ist eigentlich zu alt, um ein Kind zu adoptieren. Deborah ist genau im richtigen Alter, sie ist fünfunddreißig, aber Philipp ist gezählte zehn Jahre drüber, und Deborah findet erst nach einiger Recherche eine Agentur, die Kinder an alte, an ältere Eltern vermittelt, ausschließlich Kinder aus Russland. Dieser Agentur ist das Alter der Eltern vollständig egal.

Philipp und Deborah verbringen ein Wochenende in der Agentur. Sie sitzen zusammen mit sieben anderen Paaren im Kreis und reden über sich, sie versuchen, etwas von sich zu erzählen, sie sollen versuchen, offen zu sein. Sie hören einander zu, es ist verblüffend und auch rührend, wie ähnlich sie sich sind, schlichte Bedürfnisse, die einfache Sehnsucht nach einer Familie.

Ich sehne mich danach, anzukommen, sagt Deborah. Ich hab eine Sehnsucht nach einem Tisch, der für drei gedeckt ist.

Philipp sitzt neben ihr und sieht ihr dabei zu – wie sie nach Worten sucht, die Hände ringt, ihren Ehering dreht, eine Frau im Zustand äußerster Bedrängnis. Aber die Sätze, für die sie sich dann entscheidet, sind das Gegenteil der komplizierten Theorien, zu denen sie normalerweise neigt, ein oftmals verhängnisvolles Faible fürs Sowohl-als-auch, Auf-der-einen-auf-der-anderen-Seite; hier scheint es nur eine Seite zu geben. Deborah sitzt von ihm abgewandt, die Knie an den Körper gezogen und den Blick auf den Boden gerichtet, sie ist ihm erstaunlich und vollständig fremd. Sie ist barfuß, er sieht sich ihre bloßen Füße an. Er lauscht der Art und Weise hinterher, mit der sie das Wort Sehnsucht ausspricht, wie sie es dehnt. Er stellt sich einen Tisch vor, der für drei gedeckt ist. Das Licht auf dem Tisch, von der Seite her auf den Tisch fallend, das blendende Weiß des Tuches.

Das Seminarhaus dieser Agentur liegt in den Bergen; wenn Philipp am Morgen auf die Terrasse tritt, weiß er einen schwindelerregenden Augenblick lang überhaupt nicht, warum sie eigentlich hier sind. Duft nach Kiefern, Schnee auf den Gipfeln. Was machen sie hier? Deborah hinter ihm im schattigen

Zimmer im Bett liegend, ihr Haar auf dem Kissen ausgebreitet wie ein Fächer. Dann fällt es ihm wieder ein.

Am Sonntagnachmittag bittet der Agent sie alleine in den Seminarraum. Die anderen Paare sind fort, abgereist, oder es hat sie nie wirklich gegeben, eine Staffage, ein Arrangement von Spiegeln, um das Paar Philipp und Deborah sichtbar werden zu lassen. Alles sichtbar werden zu lassen, vor allem das, was sie verbergen wollen.

Der Seminarraum ist leer. Die Matten, auf denen sie im Kreis saßen und über sich sprechen sollten, sind in der Ecke ordentlich aufeinandergestapelt. Der Agent bittet sie, sich an den Tisch zu setzen, der nun in der Mitte des Raumes steht, er setzt sich ihnen gegenüber, er legt ein Portfolio auf den Tisch, schlägt es auf, blättert es suchend durch, zögert an einer Stelle, schlägt eine Seite vor, zurück, dann wieder vor. Er wartet einen allerletzten Moment, dann dreht er das Portfolio um und platziert es vor Philipp und Deborah, genau zwischen sie.

Er sagt, Alexej. Als gäbe es nur diese, keine andere Wahl.

In der glänzenden Folie das Foto eines vielleicht zweijährigen Kindes, darunter einige Angaben zur Herkunft und zur Heimgeschichte.

Warum Alexej, sagt Philipp. Warum dieses Kind. Er spürt, dass das eine Frage ist, die Deborah niemals stellen würde. Sie hat es schon verstanden. Es ist ihr Kind.

Wegen des Blickes, sagt der Agent.

Deborah sagt nichts. Sie sieht sich das Bild des Kindes an, beugt sich tief darüber.

Philipp und Deborah fliegen nach Russland. Philipp ist schon einige Male in Russland gewesen, Deborah noch nie. Es scheint ihr vollständig egal zu sein, dass sie nach Russland fliegen, sie ist seit dem Wochenende in den Bergen, seit der Entscheidung für Alexej, auf eine eigenartige Weise verstummt, und manchmal kommt Philipp der Ausdruck des Brütens in den Sinn, ein Bild, das er gerne vermeiden würde. Sie fliegen nach Moskau und fahren von Moskau aus weiter mit dem Bus, draußen erstreckt sich eine weite, lichtlose Ebene bis zum Horizont. In N. nehmen sie ein Hotelzimmer, in dem man die Heizung nicht drosseln und die Fenster nicht öffnen kann. Das Waisenhaus liegt am Stadtrand, ein sowjetischer Block in einem verwilderten Birkenwald. Sie warten eine Stunde in einem Raum, in dem sieben Stühle nebeneinander vor einer rostrot gestrichenen Wand stehen, dann geht die Tür auf und jemand schiebt Alexej herein. Er sieht blasser und schmaler aus als auf dem Foto. Er sieht verkümmert aus. Er stellt sich sofort in eine Zimmerecke und weigert sich, aus der Zimmerecke herauszukommen.

Komm, sagt Deborah. Komm, komm raus, ich tu dir nichts. Sie sitzt vornübergebeugt auf ihrem Stuhl an der Wand und lockt das Kind, als wäre es ein Kätzchen, sie weint, während sie es lockt. Das Kind steht in der Ecke, es rührt sich nicht. Es starrt sie an.

Am Abend essen sie im leeren, gespenstischen Speisesaal des Hotels, sie essen grünen Salat mit hartgekochten Eiern und eiskalten Erbsen und trinken süßen Rotwein, der Philipp sofort zu Kopf steigt. Die Serviermädchen stehen aufgereiht wie Soldaten, sie haben die Hände vor den Schürzen gefaltet und stehen reglos, draußen fällt der Schnee in dicken, phantastischen Flocken.

Die Erbsen sind sehr gut, sagt Deborah. Der Wein ist ein wenig eigenartig, findest du nicht, er ist ziemlich süß. Aber ich finde ihn gut. Ich bin mit allem einverstanden.

Außer ihnen isst niemand im Hotel zu Abend, und sie nehmen den restlichen Wein mit in ihr heißes Zimmer. Sie telefonieren mit ihren Familien. Philipp telefoniert mit seinem Bruder Joseph, der

Autos verkauft und Vater dreier Kinder ist, das Gefühl der familiären Verbundenheit – die Stimme seines Bruders, das Kläffen des Golden Retrievers im Hintergrund, das Lärmen des Fernsehers, und die Kinder prügeln sich, Philipps Schwägerin ruft zum Abendbrot, und irgendjemand klingelt an der Tür – ist absolut überwältigend. Wo seid ihr, ruft Joseph ins Telefon. Philipp! Die Verbindung ist zu schlecht, ich kann dich nicht verstehen. Ruf mich später noch mal an! Sei gegrüßt!

Deborah telefoniert mit ihrer Schwester, die auf Hawaii lebt und Lehrerin ist. Sie lehnt sich mit ihrem Rücken an Philipps Rücken, während sie spricht, Philipp spürt die Vibration ihrer Stimme an seiner Wirbelsäule. Sie sagt, ich weiß nicht, vielleicht ist er autistisch. Er kommt mir so merkwürdig vor, reglos und stumm, er redet nicht, er starrt uns nur an, können wir das riskieren. Können wir das machen.

Deborahs Schwester scheint etwas Beruhigendes zu sagen, eine Art von Trost zu wissen.

Am zweiten Tag kommt Alexej einen zaudernden Schritt aus der Zimmerecke heraus. Er hält sich an der Wand fest, er nimmt die Hände nicht von der Wand, spricht nichts, dreht sich aber dreimal zu Deborah um. Philipp hat lange darüber nachgedacht, die Kamera dann endlich mitgenommen. Er fotografiert das Besucherzimmer. Den Blick aus dem Fenster. Deborah auf dem Stuhl, die Hände nach dem Kind ausgestreckt, sie trägt einen Pullover aus brauner, flauschiger Wolle, und alle Farben im Raum verdunkeln sich von außen nach innen.

Er fotografiert auch den Rücken des Kindes, den zarten, zerbrechlichen Nacken.

Am dritten Tag kommt Alexej schon in der Eingangshalle des Heimes auf sie zugelaufen, möglicherweise, vermutet Philipp, hat jemand ein ernstes Wort mit ihm gesprochen. Er steckt in einem Anorak, der ihm viel zu groß ist, und greift auf eine sehr gefasste und abschließende Weise nach Deborahs Hand. Sie machen zu dritt einen kurzen Spaziergang im Garten. Sie gehen um die Birken herum und besehen sich ihre Spuren im frisch gefallenen Schnee, zwei große, dazwischen eine kleine.

Wir nehmen ihn, sagt Philipp am Abend zur Heimleiterin, wir sind uns ganz sicher, wir wollen ihn nehmen; die Wortlosigkeit, mit der sie diese Information zu den Akten gibt, kommt ihm richtig vor, angemessen.

Am Abend im Hotelzimmer pustet Deborah mehrere Luftballons auf. Sie hat diese Luftballons zu Hause gekauft und mit nach Russland genommen, das ist ihre Vorbereitung gewesen. Rote und gelbe, blaue, runde und herzförmige Luftballons, sie lässt sie im Zimmer herumliegen, und sie stoßen in der Nacht im heißen Zug der Heizung immer wieder aneinander. Sie holen Alexej am nächsten Morgen aus dem Heim ab, und er geht mit ihnen und zwischen ihnen hinaus, ohne sich noch ein einziges Mal umzudrehen. Sie haben später den Eindruck, dass er zum ersten Mal in seinem Leben einen Luftballon sieht. Er ist entzückt, geradezu hingerissen.

Ein Jahr danach beginnt Philipp wieder zu arbeiten. Er ist ganze zwölf Monate zu Hause geblieben, er hat sich jeden Tag gemeinsam mit Deborah um das Kind gekümmert, das Kind ist angekommen, es geht ihm gut, er hat das Gefühl, er könnte wieder anfangen zu arbeiten, es wäre auch an der Zeit. Er mietet sich ein neues Atelier und beginnt eine neue Serie, er hat schon immer ein großes Interesse an chirurgischer Medizin gehabt, und er beginnt, in Operationssälen zu fotografieren, zunächst in den Sälen der Kardiologie, dann in den Sälen für Gehirnchirurgie. Er fotografiert die empfindlichen, hochtechnologisierten Operationsinstrumente, silberne Roboter hinter schimmernden Folien, die ihm im bläulichen Licht des Saales wie poetische Gebilde erscheinen, wie Geschöpfe der Tiefsee. Er fotografiert das eine ganze Weile lang, über einige Wochen hin, und schließlich fotografiert er, am Ende der Serie, eine Operation am offenen Gehirn.

Er spricht mit Deborah über dieses Foto, am Abend, am Tisch in der Küche. Er erzählt vom Aufbau der Maschinen, den Gesprächen der Chirurgen während der Operation, die sich selbstverständlich nicht um das Wesentliche, sondern um das genau Unwesentliche drehen, das der Operation genau Entgegengesetzte, Karten für die Oper, der Wetterbericht, die Golfexkursion. Er hat früher viel mit Deborah über seine Arbeit gesprochen, seitdem das Kind da ist, haben sie wenig Zeit für diese Gespräche, und Philipp denkt, dass ihm das fehlt, ihm fehlt Deborahs früheres Faible, die Dinge von allen Seiten her betrachten zu wollen. Das Kind, das sie in Aaron umbenannt haben, der Name Alexej ist ihnen zu hart gewesen, das x in der Mitte dieses Namens zu schwer, sitzt bei ihnen, es soll zu Abend essen, und es hört ihnen zu.

Was war das für ein Mensch, dessen Gehirn operiert wurde. Dessen Gehirn du heute fotografiert hast, sagt Deborah, während sie das Essen des Kindes bewacht, dem Kind beim Essen zusieht, es immer wieder auf die kleingeschnittenen Tomaten, die Schmetterlingsnudeln hinweist, wie geht es diesem Menschen jetzt. Nach der Operation. Wie wird es weitergehen.

Eine Frau, sagt Philipp. Der Mensch, dessen Gehirn ich fotografiert habe, war eine Frau. Ich habe ein weibliches Gehirn fotografiert. Ich hab mich mit den Ärzten abgesprochen, und sie war damit einverstanden gewesen. Ich nehme an, es geht ihr gut.

Deborah wartet, dass das Kind schluckt. Sie wischt dem Kind den Mund ab, sie lobt es.

Er zögert, dann sagt er, wenn ich gewusst hätte, was für ein Mensch mit diesem Gehirn lebt, wie es nach der Operation weitergehen wird, hätte ich es nicht fotografieren können.

Er sieht zu, wie Deborah dem Kind ein Glas Wasser in die Hände gibt, und er sieht an dem Blick, den sie ihm zuwirft, während das Kind trinkt, dass sie an einer Grenze angelangt sind, einer Gabelung des Weges, an der er erstaunlicherweise noch einmal gezwungen sein wird, eine Entscheidung zu treffen. Obwohl er die Wahrheit gesagt hat. Trotzdem er die Wahrheit gesagt hat. Gerade deshalb.

Das Kind trinkt das Glas Wasser aus, stellt das leere Glas ganz alleine und behutsam zurück auf den Tisch. Es sieht niemanden an.

# BRIEF

*Für Helmut Frielinghaus*

Auf dem Rückweg bin ich ein paar Tage in Boston geblieben. Ich bin gerne in Boston, und außerdem wollte ich einen wie ich aus C. stammenden Freund und seine Frau besuchen. Walter – sein Vater war Jude, sie sind 1939 oder 1940 gerade noch rechtzeitig rausgekommen. Unsere Eltern waren befreundet, und als ich ein kleiner Junge war, habe ich oft mit Walter gespielt, er hatte, daran erinnere ich mich genau, im Keller eine große Eisenbahnanlage. Lokomotiven und Schnellzüge, Schienenstränge, die durch Berge aus Pappmaché hindurchliefen, und die Berge waren mit Schnee bestäubt, in ihren Schluchten standen winzige Tannen. Es gab Schranken und Signale, einen Bahnhof, Schaffner und Lokführer, Gepäckwagen, winkende Gestalten am Perron und Koffer und Hutschachteln, groß wie Reiskörner.

Walter ist Augenarzt. Er war Augenarzt, manchmal behandelt er noch Patienten, die er sehr lange kennt. Er schreibt – dicke, breit und gemächlich erzählte Romane auf Deutsch, und er führt umfangreiche Schriftwechsel auf dem Computer. Sein Deutsch erhält er sich mit alter deutscher Literatur lebendig. Er liest niemals etwas Neues, auch nichts Amerikanisches, obwohl er fließend Englisch spricht, er ist letztlich dann in Amerika aufgewachsen, er hat in Harvard studiert. Er zitiert Hölderlin, Goethe, Kleist und Rilke auswendig, sorgfältig und richtig, in einem Deutsch mit einem flachen amerikanischen Akzent – dies ist ein Ding, das keiner voll aussinnt, und viel zu grauenvoll, als dass man klage: dass alles dauert und vorüberrinnt.

Heute ist Walter eigentlich ein Verrückter. Ein hochintelligenter Spinner, ein Philosoph, ein Exzentriker. Immer noch ein guter Arzt, manchmal berät er mich, er berät mich über Augenkrankheiten hinaus, und von ihm stammt der Satz, das Auge sei so zerbrechlich wie eine Ming-Vase; ich habe dieses Bild für den ganzen Körper übernommen. Er ist ein exzellenter Techniker. In den letzten Jahren hat er einen dreistöckigen Annex zu seinem Haus in Belmont bei Boston gebaut, einen

Annex mit Bädern, Heizung und allem Drum und Dran, er macht fast alles und anhand von Lehrbüchern selber. Und er hat ein Altersprojekt – ein Holzhaus auf Nantucket. Das Holzhaus auf Nantucket ist im Rohbau fertig, aber die Arbeit muss seit Monaten ruhen, weil ihm die Behörden der Insel die Benutzung der selbstentworfenen und selbstgebauten Abwasseranlage nicht gestatten. Er prozessiert dagegen. Er sagt, er werde bis zu seinem Tod dagegen prozessieren und über seinen Tod hinaus.

Als ich ihn und seine Frau Edna in diesen Tagen in Boston besuchte, sprachen wir über das Haus auf Nantucket, und ich sagte, falls ich noch einmal wiederkäme, würde ich es mir gerne ansehen.

Und er sagte, wollen wir morgen fahren?

Er sagte, wollen wir morgen fahren, als ginge er davon aus, dass ich nicht noch einmal wiederkommen würde, oder als ginge er davon aus, dass er nicht mehr da sein würde, wenn ich wiederkäme.

Er fragte Edna.

Er sagte, Edna, wollen wir morgen alle drei zusammen nach Nantucket fahren? Einen kleinen Ausflug machen. Was sagst du dazu.

Edna ist 86 Jahre alt. Sie ist eine stille Frau, eine Wildpflanzenliebhaberin, sie muss ein reiches und eigenes Innenleben haben, und sie sitzt meistens über rätselhaften Notizen, die ich viel lieber lesen würde als Walters Romane. Als Walter sie fragte, ob wir zusammen nach Nantucket fahren wollten, sah sie uns schweigend an, dann schlug sie die botanische Enzyklopädie zu, in der sie gerade nach einem Zweig gesucht hatte, den sie von ihrem täglichen Spaziergang mitgebracht hatte; sie stand auf und fing an, ihren Rucksack zu packen.

Am nächsten Morgen holten sie mich um sechs Uhr in meinem Hotel ab. Es gab noch kein Frühstück, und vom Personal war noch niemand zu sehen, aber auf einem Büfett im Foyer stand frischer Kaffee und eine Schale mit grünen Äpfeln, und ich trank einen Kaffee und aß einen Apfel, während ich auf Edna und Walter wartete und an andere Reisen vor fünfzig Jahren denken musste, an Aufbrüche in der Morgendämmerung, an Kälte, verblassende Sterne an einem gerade hell werdenden Himmel.

Wir fuhren nach Cape Cod, nach Hyannis, in Hyannis ließen wir das Auto stehen und nahmen das Schiff nach Nantucket. Die Überfahrt dauerte zwei Stunden, die wir an Deck verbrachten. Am Hafen von Nantucket nahmen wir ein Taxi zu Walters Haus. Es liegt auf einer Anhöhe und sieht von außen aus wie alle Häuser auf der Insel, es ist ein einfaches Haus aus grau gebeiztem Holz. Es hat einen Keller und darüber zwei Stockwerke, es steht auf einem großen Grundstück, das mit nichts als niedrigem Kriechholz bewachsen ist. Walter hat zwei Überwachungskameras, eine im Haus und eine von außen auf das Haus gerichtet, und sie sind so mit seinen Computern verbunden, dass er mit Hilfe des Internets jederzeit von Boston oder allen möglichen anderen Orten der Welt aus nachsehen kann, ob alles in Ordnung ist; ich habe uns später auf den Aufzeichnungen selber sehen können – Edna, Walter und mich beim Betreten des Hauses, in der Halle, auf dem Dach und der Terrasse, unsere Gestalten, unsere unsicheren und selbstverständlichen Bewegungen.

Edna, die ihren Rucksack abstellt, etwas sehr Kleines aus dem Rucksack herausholt und es in einer Ecke des Raumes ablegt.

Wir hatten in dem Haus auf Nantucket vier Stunden, bis uns das Taxi wieder abholte, das letzte Schiff zurück nach Hyannis den Hafen verließ. Wir standen in diesen vier Stunden abwechselnd um zwei Heizradiatoren herum, es war ein eiskalter, bitterkalter Tag, windig und frostig, und die Wintersonne schien die Kälte schärfer zu machen. Ich bin mehrmals im Eilschritt durch den Garten gegangen, um mich wieder aufzuwärmen. Im Haus fehlten noch alle Wände, es gab nur Rahmen, die zeigten, wo die Wände einmal stehen sollten, und Walter führte uns durch die Räume und richtete sie mit Betten und Stühlen, Regalen und Sofas, Schreibtischen und Teppichen aus dem Nichts ein, er machte das eindrücklich und glaubwürdig. Von den oberen Fenstern aus sahen wir über eine Häuserreihe und den Strand hin aufs Meer. Wir sahen die Brandung, wir konnten die Brandung hören. Wir hielten die Hände an die Radiatoren, aßen Donuts aus der Pappschachtel und tranken heißen Tee aus der Thermoskanne, alle drei aus einem Becher. Ednas Gesicht hatte während dieser vier Stunden einen eigenartigen Ausdruck der Zufriedenheit, leuchtend, verschlossen zugleich.

Auf der Rückfahrt mit dem Schiff ging sie unter Deck. Ich stand mit Walter alleine am Bug. Die Sonne ging unter, das Wasser wurde silbern, dann blau und dann schwarz. Nantucket blieb zurück. Walter sagte, in der Sprache der Indianer hieße die Insel tatsächlich – das weit entfernte Land.

Von Hyannis aus fuhren wir mit dem Auto

zurück nach Boston. Wir verabschiedeten uns auf dem Parkplatz vor dem Hotel, ich meine, mich daran erinnern zu können, dass Walter und ich uns umarmt haben. Um halb zehn war ich in meinem Zimmer. Halberfroren, seltsam heiter, zufrieden, und ich zog mich um und ging noch einmal hinunter an die Bar, um etwas Heißes zu essen und vor allem, um etwas zu trinken.

Ich bestellte einen Whiskey.

Und dann noch einen zweiten.

Dies ist eigentlich nicht meine beste Zeit.

Aber ich habe alles gut überstanden. Ich bin nach New York zurückgereist und hatte dort noch vierundzwanzig Stunden, die sehr schön waren, obwohl ich nichts Besonderes mehr unternommen habe. Ich bin herumgegangen, habe mir die Menschen angesehen, die Straßen, bis ich am Nachmittag zum Flughafen gefahren, nach Hause zurückgeflogen bin.

# TRÄUME

Ich fand ihn gut, und ich glaube, er hat mich auch ganz gut gefunden, Effi hatte diesen Satz geradezu fallengelassen, leicht und nebenher, aber mit einem bedeutsam halben Lächeln und einem Blick akkurat über Teresa hinweg. So als hätte sie die Lektion der Psychoanalyse genau verstanden, als hätte sie alles gelernt. Sie hatte das abschließend gesagt, es gab nichts mehr hinzuzufügen, und die Positionen waren mit dieser Feststellung klar verteilt gewesen.

Damals hatte Effi dreimal in der Woche eine mysteriöse Verabredung gehabt, sie hatte zwei Jahre lang von einer Verabredung gesprochen. Und am Ende dieser zwei Jahre, in denen sie sich von dem Mann, mit dem sie seit Ewigkeiten verheiratet gewesen war, getrennt und einen anderen Mann geheiratet hatte, hatte sie Teresa gestanden, dass es sich bei den Verabredungen um die Stunden einer

Psychoanalyse gehandelt hatte. Kein wirkliches Geständnis – sie hatte es einfach aufgelöst und am Schluss gesagt, ich kann ihn dir übrigens empfehlen. Doktor Gupta. Falls es dir mal wirklich schlechtgehen sollte, beschissen schlecht, meine ich, falls du mal absolut nicht weiterwissen solltest, empfehle ich ihn dir.

Zu diesem Zeitpunkt war die Analyse vorbei, und Effi war schwanger. Als hätte Doktor Gupta dieses Kunststück zustande gebracht, als wäre Effis Kind eine Kopfgeburt.

In den zwei Jahren, in denen Effi dreimal in der Woche ihre Verabredung hat, treffen sie sich manchmal am Mittag auf eine Tasse Tee. Sie treffen sich in einem Café, das Juri Gagarin heißt, sie sitzen im Winter drinnen, im Frühling, Sommer und auch im langen Herbst sitzen sie draußen, es gibt rote Decken auf den Stühlen im Juri Gagarin, und um die Tische herum schwirren staubige Spatzen, an die sie die Kekse verfüttern, die zum Tee gereicht werden. Der Tee, findet Teresa, ist immer zu kalt.

Die Stunden im Juri Gagarin sind vor allem höflich und von einer freundlichen Distanz geprägt, so als wolle die eine die andere eigentlich in Ruhe lassen oder als interessiere sich die eine für die andere im Grunde genommen herzlich wenig. Sie sprechen über die Bücher, die sie gelesen oder eben nicht gelesen haben, über Ausstellungen, über diesen oder jenen Film, Effi hat die anstrengende Angewohnheit, Filme zur Gänze nachzuerzählen, Teresa würde es aber niemals einfallen, Effi zu unterbrechen. Um kurz vor ein Uhr bezahlt Effi ihren Tee und bricht zu ihrer Verabredung auf, hinter der Teresa eine matte Weile lang einen Liebhaber vermutet, vielleicht einen Briefe schreibenden, eher korpulenten, bärtigen Araber mit weichen Händen und einer Küche, in der es nach frischer Minze duften würde. Bedauerlicherweise gibt es keinen Liebhaber. Effi hält sich bloß in der Wohnung von Doktor Gupta auf, dessen Praxis um die Ecke ist und auf dessen Couch sich Teresa ein Jahr später ebenfalls legen wird.

An einem dieser Mittage im Juri Gagarin erzählt Effi Teresa einen Traum. Teresa hat nicht die geringste Ahnung von Traumdeutung, sie hört Effi zu, sie versteht, was sie hört, sie würde sagen, ich verstehe einfach mal das, was ich verstehen will.

Ich habe gestern Nacht von dir geträumt, sagt Effi. Ich habe geträumt, wir fahren beide in der Straßenbahn, wir steigen zusammen ein und müssen ein Ticket kaufen, wir stehen nebeneinander am Ticketautomaten, und du wirst plötzlich ganz klein. Du schrumpfst, du wirst kleiner und kleiner, bist du wirklich winzig bist, eine Zwergin.

Sie zeigt Teresas Winzigkeit mit ihren Händen an, mit Daumen und Zeigefinger, ein halber Zentimeter. Sie sagt, und ich nehme dich hoch. Ich nehme dich hoch und stecke dich in die Tasche meines Mantels.

Effi hat ein rundes Gesicht, ausdrucksvolle grüne Augen, leicht asiatische Züge, ihre Zähne stehen schief, und sie lächelt einseitig, nur mit der rechten Seite ihres Mundes, was ihrem Lächeln unfreiwillig einen immer zynischen Ausdruck gibt. Oder nicht unfreiwillig? Teresa sieht Effi eine Weile an, dann denkt sie, Effi träumt, dass sie mich beschützt. Sie träumt das, weil sie mich beschützen will. Weil sie vermutet, dass ich eigentlich winzig bin, winzig und klein und so zerbrechlich wie ein Ei.

Aber einige Zeit danach geht es Teresa so schlecht, dass sie nicht mehr weiterweiß. Es geht ihr, mit Effis Worten, beschissen schlecht. Sie kann keine Zeitung mehr lesen, sie bricht schon bei den Verkehrsmeldungen in Tränen aus, und die zunehmenden Flüchtlingsströme, die Schiffskatastrophen, Erdbebenopfer, Dürreprognosen, Klimagipfel, Seuchen und Massaker versetzen sie in eine Angst, die etwas Irrationales hat und jeden Tag größer wird. Sie bekommt einen heftigen, juckenden Ausschlag in den Armbeugen, am Hals und im Gesicht. Sie erträgt die Sirenen der Krankenwagen, das Radio und die Nachrichten nicht mehr, sie wird nachts um drei mit Herzrasen wach, schläft nur schwer wieder ein und kann sich vor Trauer fast nicht mehr bewegen. Sie träumt im Halbschlaf von Versäumnissen, Fahrstuhlschächten und Nacktschnecken, und sie ruft Doktor Gupta an einem Morgen an, an dem sie schon zu weinen begonnen hat, bevor es überhaupt hell geworden ist. Sie geht an einem Nachmittag im November zum ersten Mal in seine Praxis, und sie schiebt ihm einen Zettel über den Schreibtisch, den sie zu Hause vorbereitet hat, sie hat nur einen einzigen Satz zustande gebracht: Aus irgendwelchen Gründen weiß ich nicht mehr weiter.

Und das ist lange her. Jahre her. Teresa geht jetzt schon seit Jahren zu Doktor Gupta. Sie wird nicht schwanger. Sie übersteht etliche Trennungen – sie trennt sich unter anderem von Effi, sie bricht die idiotische Bekanntschaft mit Effi einfach ab –, die Beziehung zu Doktor Gupta bleibt bestehen, sie ist beständig. Doktor Gupta zieht in diesen Jahren viermal um. Er wechselt von der Praxis beim Café

Juri Gagarin in eine Gemeinschaftspraxis, in deren überfülltem Warteraum Leute sitzen, die sehr offensichtlich ernstere Probleme haben als Teresa, er verlegt die Praxis einige Monate in eine Remise in einem schattigen und feuchtkalten Hinterhof und zieht dann in ein Ärztehaus an einer Straßenkreuzung, die so laut ist, dass ein zaghaft gesprochenes Wort kaum zu verstehen ist. Seit einiger Zeit hält er es in einer Dachgeschosswohnung aus, in einem Behandlungszimmer, in dem Teresa von der Couch aus den weiten Himmel sehen kann, Vögel, die sich in großen Schwärmen sammeln, sie kann die Trabantenstädte sehen, Schlote der Fabriken, Windräder weit weg am Horizont.

Doktor Gupta praktiziert die klassische Analyse. Er sitzt hinter Teresa auf einem Sessel, sie sieht ihn nicht, während sie spricht oder schweigt. Die Einrichtung der Praxis ist über alle Umzüge hinweg dieselbe geblieben, die Couch ist die Couch, auf der schon Effi gelegen hat, an der Wand hängt das rätselhafte Bild eines Heißluftballons über einer Hügelkette, im Bücherregal steht ausschließlich Fachliteratur, neben dem Schreibtisch in einer Bodenvase ein immer sorgfältig ausgewähltes Arrangement von Blumen. Die Vorhänge sind cremefarben. Der Teppich ist orientalisch, die Decke auf der

Couch ist orientalisch. Doktor Guptas Sessel sieht insbesondere an der Kopflehne ziemlich schäbig aus. Manchmal legt er ein privates Buch auf den Schreibtisch wie eine Fährte. Eine Spur, ein geheimnisvoller Hinweis – »Oblomow«. Julia Kristevas »Geschichten von der Liebe«. Erzählungen von Capote. Teresa nimmt diese Hinweise an. Sie sammelt sie ein, hebt sie auf und beschäftigt sich mit ihnen auf eine Art, die emphatisch und seltsamerweise trotzdem teilnahmslos ist, vielleicht ist das der Art ähnlich, in der Doktor Gupta ihr zuhört, ihrem umständlichen, immer gleichen, ratlosen Kreisen um ein Zentrum folgt. Oder eben nicht folgt – es gibt Stunden, in denen sie sich sicher ist, an seinem Atmen hören zu können, dass er schläft. Sie denkt, dreh dich doch einfach um. Setz dich auf und sieh ihn an, ertappe ihn verdammt nochmal beim Schlafen.

Sie richtet sich nicht auf, und sie dreht sich nicht um.

Sie stellt sich zu Hause dieselben Blumen neben den Schreibtisch, rückt ihr Sofa ans Fenster und liest Julia Kristeva. Doktor Gupta verrät ihr, in welchem Teil der Stadt er wohnt, und sie weiß, dass er eine Leidenschaft für die englische Sprache hat, wenn er englische Ausdrücke der Diagnostik benutzt, klingt seine Stimme bewegt. Er spielt klassische Gitarre, die Gitarre lehnt an manchen Tagen in der Zimmerecke, und die Fingernägel seiner rechten Hand sind lang und maniküRT. Er ist dick und traurig, ein massiger Mann mit einem kahlgeschorenen Schädel, sorgfältig geputzten Schuhen und einer Neigung für ausgefallene, extravagante Hemden und teure Hosen; er trägt einen Sommer lang einen Korken an einem Bindfaden um den Hals, der so aussieht, als sollte er ihn an etwas Wesentliches erinnern.

Ist er homosexuell?

Verheiratet?

Warum zieht er unentwegt um.

Hat er Kinder?

Er hat keine Kinder, Teresa weiß das, sie könnte nicht sagen, woher sie das weiß, sie weiß es sicher.

Aber einmal macht er ihr die Tür auf und hat ein blaues Auge. Ein Veilchen, sein rechtes Auge ist eindrücklich blau und grün und dunkelviolett und schwarz verfärbt.

Oh, sagt Teresa. Wer hat angefangen. Haben Sie zuerst zugeschlagen? Oder haben Sie sich gewehrt, haben Sie etwa zurückgeschlagen.

Zurückgeschlagen, sagt Doktor Gupta erstaunlich unumwunden. Er betont jede Silbe einzeln – ich habe zurückgeschlagen.

Er lächelt; mehr gibt es nicht zu sagen.

In einer der Stunden fällt Teresa das Café Juri Gagarin, Effi, der Traum wieder ein, der Traum, den Effi damals geträumt hat. Teresa träumt mit den Jahren immer weniger, sie träumt unscharf und erinnert sich an ihre Träume auch nur ungenau, und sie glaubt, dass sie Doktor Gupta mit diesem Mangel an Traummaterial eigentlich enttäuscht. Sie sieht Effi manchmal auf der Straße, mit dem Kind im Kinderwagen, im Buggy, auf einem Laufrad und schließlich Hand in Hand, dann das Kind mit dem eigenen Fahrrad, das Kind mit einem Schulranzen, das Kind alleine auf dem Nachhauseweg, in sich versunken, trödelnd und gedankenverloren, das fremde, das gänzlich unbekannte Kind – und Effi und Teresa gehen aneinander vorbei und grüßen sich mit einem Kopfnicken, oder sie heben die Hand, mehr nicht, und es gibt auch Tage, an denen sie sich gar nicht grüßen, es gibt den Tag, von dem an sie sich nicht mehr grüßen werden. Teresa erzählt in den ersten Jahren der Analyse von diesen Begegnungen, dann weniger und dann gar nichts mehr. Aber in dieser einen Stunde fällt ihr, warum auch immer, Effis Traum wieder ein, und sie redet darüber. Sie erzählt den Traum nach – Effi hatte geträumt, wir fahren zusammen in der Straßenbahn, wir stehen zusammen am Ticketautomaten, und ich stehe neben ihr und bin plötzlich ganz klein, ein winziges Wesen, klein wie eine Zwergin, und sie bückt sich und hebt mich auf und steckt mich in die Tasche ihres Mantels – und während sie ihn, fast mit Effis Worten, nacherzählt, fällt ihr ein, dass Doktor Gupta Effi kennt. Dass er aller Wahrscheinlichkeit nach auch diesen Traum schon kennt. Unter allen Menschen, von denen sie ihm Stunde für Stunde erzählt, ist Effi die Einzige, von der er, wenn nicht alles, dann doch vieles weiß, und er kann sie leibhaftig vor sich sehen, dreidimensional und echt, Effis grüne Augen und ihr schiefes Lächeln, die ausdrucksvollen Gesten ihrer Hände; als wäre Effi eine farbige Gestalt in einer Reihe von Menschen in Schwarzweiß, als wäre sie eine pulsierend Lebendige zwischen Toten.

Doktor Gupta ist ein zurückhaltender, fast passiver Mann. Er lässt beinahe alle Fragen unbeantwortet, er lässt beinahe alle Fragen offen, so als wäre er der Meinung, es gäbe auf keine einzige Frage eine gültige Antwort und für keine Entscheidung einen wirklich triftigen Grund. Er glaubt anscheinend nicht, dass man irgendetwas zu Ende denken könnte, er nimmt möglicherweise an, hinter jeder Erkenntnis tauche ohnehin eine neue Schwierigkeit auf. Er lässt Teresa in ihrem Dickicht aus Mutmaßungen und planlosen Feststellungen alleine, und trotzdem ist es wichtig, dass er da ist, am Rand steht, eine ungenaue Gestalt, die dennoch eine feste Größe hat. In der Stunde, in der Teresa über Effis Traum spricht, meint sie plötzlich zu wissen, was Effi eigentlich geträumt hat – Effi hat davon geträumt, sie in die Tasche zu stecken. Sie zu einer Zwergin, sie winzig zu machen und ein für alle Mal verschwinden zu lassen, das ist es, wovon Effi geträumt hat, und als Teresa bei diesem Schluss angelangt ist, gibt Doktor Gupta hinter ihr ein Geräusch von sich, das zweifelsohne zustimmend ist, ein zufriedenes Einverständnis, fast schon ein zärtliches Lob.

In diesem Herbst sammeln sich die Vögel früh, und sie werden vom Wind auseinandergerissen und treiben wieder zusammen und werden kleiner und ferner und ziehen dann weg. Die Brandherde der Kriege verlagern und Grenzen verschieben sich, die Flüchtlingsströme nehmen zu, Taifune zerstören ganze Landstriche sehr, sehr weit weg, und Seuchen brechen aus und ebben ab. Auf Doktor Guptas Schreibtisch liegt ein Buch von Bunin. Er hat die zierlichen orangenen Blumen, die auf dem französischen Balkon in Tontöpfen wachsen, abgeschnitten, in eine Vase auf den Schreibtisch gestellt und die Tontöpfe mit Zweigen bedeckt. Diese Sorgfalt erzählt Teresa etwas über ihn. Die Anzahl der Erkenntnisse ist schmal, die Erkenntnis über Effis Traum, die Erkenntnis über das eine und andere, und Teresa denkt, dass sie bei dieser Geschwindigkeit auf keinen klaren Gedanken und etwas Wesentlichem wohl nicht mehr auf den Grund kommen wird. Sie könnte mit Doktor Gupta darüber sprechen, er würde zunächst lange schweigen, dann vermutlich sagen, dass das hinnehmbar sei. Dass man damit doch aber leben kann.

# OSTEN

Sie kommen früh um sechs in Odessa an; Ari sagt, ich hab überhaupt nicht geschlafen. Ich habe kein einziges Auge zugetan, nicht eine Sekunde. Ich habe sieben beschissene Stunden lang auf dem Rücken gelegen und mich rädern lassen.

Jessica weiß, dass das nicht stimmt. Er hat geschlafen, nicht lange, ja, aber doch immer mal wieder. Er hat geschlafen, während der Zug sie durch die Nacht Richtung Osten gefahren hat, sie hat auch geschlafen. Das Abteil hatte zwei gegenüberliegende Betten mit Tagesdecken aus zerschlissenem Gobelin, Nachtlämpchen am Kopfende über Stapeln aus drei festen Kissen und für jeden ein Tuch, um es über den kleinen Tisch zu legen. Jessica hatte ihr Tuch eingesteckt. Ari hatte seines auf dem Tisch ausgebreitet, das Tuch war blau mit fein eingewebten hellen Streifen darin. Sie hatten auf dem Tuch Apfelsinen geschält. Ari war weggegangen und mit einem Glas Tee im silbernen Halter zurückgekommen, Zuckerstücken groß wie Schokoladenriegel. Sie hatten in die unbekannte Landschaft rausgesehen, bis es Abend wurde. Ari hatte sich als Erster ausgezogen, auf seinem Bett ausgestreckt, er war als Erster eingeschlafen.

Es macht keinen Sinn, ihn darauf hinzuweisen.

Früh um sechs ist es in Odessa noch dunkel, und über dem Bahnhofsdach steht ein Sichelmond. Es ist kalt, aber Jessica hat irgendwo gelesen, dass der September am Schwarzen Meer golden sein kann, nur die Nächte sind schon kalt, die Tage werden sicher noch warm sein. Die Reisenden steigen aus dem Zug und gehen sofort los, sie eilen den Bahnhof entlang und verschwinden am Ende des Gleises nach rechts oder links, es gibt niemanden, der abgeholt wird, und niemanden, der zögert oder stehen bleiben würde, alle haben ein Ziel. Ari weiß, dass es an den Bahnhöfen alte Frauen gibt, die Unterkünfte vermieten. Früher ist das so gewesen, warum sollte es heute anders sein, solange es auf dieser Welt noch Bahnhöfe und alte Frauen gibt, wird sich das nicht ändern. Die alten Frauen halten ein Pappschild hoch, auf dem das Wort Unterkunft steht oder das Wort Übernachtung.

Er sagt, wir suchen uns eine aus.

Die alten Frauen mit Pappschildern stehen tatsächlich in der Bahnhofshalle. Es sind einige – Jessica hätte nicht gedacht, dass sie eine einzige sehen würden. Aber es sind bestimmt zwanzig, und sie sind sehr verschieden. Welche wollen wir nehmen? Zumindest sind sie sich einig, welche sie nicht nehmen wollen. Die Puffmutter nicht und die Alkoholikerin auch nicht, Ari stößt jegliches Zeigen von religiösen Symbolen ab, die Alte mit dem silbernen Kreuz um den Hals also erst recht nicht und die in dem räudigen Pelzmantel auf gar keinen Fall. Die alten Frauen stehen schweigend in der Bahnhofshalle, manche laufen ein wenig hin und her, zwei drei Schritte nur in die eine, dann in die andere Richtung, sie sprechen nicht untereinander, und sie sprechen auch niemanden an. Ihre Pappschilder sind zerknickt, und die Schrift darauf ist schwer lesbar und verblasst, eventuell steht auch gar nicht Übernachtung darauf, Unterkunft, eventuell steht etwas ganz anderes darauf.
Ablass.
Erwartung. Oder Vernichtung.
Jessica hat keine Ahnung, warum ihr ausschließlich solche Wort einfallen.
Es gibt keine alte Frau, die so wäre, wie Ari sich das vorgestellt hat – er würde sagen, er habe sich gar nichts vorgestellt, es sei geradezu lebensge-

fährlich, sich etwas vorzustellen –, es gibt keine, die so wäre, wie Jessica sie sich wünscht. Alte Frauen aus Geschichten, gütig, ernst; ausgestorben, gibt es nicht mehr, zumindest vermieten sie keine Zimmer mehr.

Diese, wir nehmen diese da, sagt Ari.

Schmächtige Frau mit kurzen aschgrauen Haaren in einem Trainingsanzug und Turnschuhen, Jacke geschlossen, Hände ineinanderverschränkt.

Die nehmen wir.

Ari verhandelt.

Jessica stellt ihren Rucksack ab und sieht sich im Bahnhof um. Es gibt eine Wartehalle, groß wie ein Theater, Stuhlreihen hintereinander, am Eingang eine Frau in Uniform an einem Pult, das leer ist bis auf ein Telefon und vor der Tür zum Perron ein dicker himbeerroter Vorhang. Auftritt der Ferne. Jessica wollte nach Odessa, Ari nicht. Ari wollte nicht nach Odessa, seiner Ansicht nach hat Odessa nichts zu bieten außer Militär und Prostitution, Taubendreck und einem schmutzigen Meer. Er ist freundlicherweise trotzdem mitgekommen. Jessica zuliebe. Die alte Frau hat einen zerdrückten Block in der Hand und schreibt mit einem Bleistiftstummel Zahlen darauf, Ari nimmt ihr den Bleistiftstummel weg und streicht die Zahlen durch, schreibt andere Zahlen auf. Sie nimmt sich den Bleistiftstummel zurück und streicht die Zahlen durch, die Ari aufgeschrieben hat. Nach einer Weile finden sie eine Zahl, die beiden gefällt.

Los, wir gehen, sagt Ari. Wir gehen mit ihr mit.

Die Stadt ist noch nächtlich, die Straßen sind verlassen. Sie gehen zu dritt nebeneinander, die alte Frau links, Jessica in der Mitte, Ari rechts. Die alte Frau hat es eilig. Sie versucht nicht, mit ihnen ins Gespräch zu kommen, sie spricht nicht. Jessica kann sich in keiner Weise vorstellen – und im Gegensatz zu Ari stellt sie sich sehr gerne etwas vor, sie stellt sich ununterbrochen etwas vor –, dass es bei dieser Frau ein Zimmer zu mieten gibt, in dem Jessica gerne wäre. Mit einem wirklich sauberen Bett, weißen, gestärkten Laken und knisternden Federdecken, einem Tisch mit Stühlen dazu und draußen vor dem Fenster eine schöne Gegend, von einem Strauß Anemonen, einer Karaffe kaltem Wasser, einer Schale mit Beeren ganz zu schweigen. Diese alte Frau sieht so aus, als wenn sie selber gar kein Zimmer hätte und außer dem zerdrückten Block und dem kurzen Bleistift nichts besäße. Sie sieht nicht so aus, als wenn sie einen Schlüssel in der Hosentasche hätte, und der Trainingsanzug hat etwas Beliebiges und Trostloses. Aber es kann sein, dass sie nicht – böse ist, Jessica denkt, dass sie das beurteilen kann, die alte Frau ist nicht verschlagen oder verächtlich, sie ist nur gleichgültig. Jessica eilt neben ihr und Ari die dämmrige Straße entlang und sagt das einzige Wort, das sie in dieser Sprache hier sagen kann, sie sagt Tschornoje morje. Die alte Frau nickt und deutet nach links, die Straße runter, ins Ungefähre, sie scheint nicht zu glauben, dass das wichtig wäre. Da hinten. Irgendwo. Da. Als wäre das Schwarze Meer etwas Kleines, etwas, das irgendwo sein könnte.

Die alte Frau sagt, Uliza. Franzuski. Uliza Franzuski. Sie sagt es noch einmal, offenbar sollen sie sich das merken. Ein drittes Mal sagt sie's nicht. Sie bleibt vor einer Blechtür stehen, der einzigen Tür in einer endlos langen Mauer. Sie deutet die Straße rauf und runter, am Ende der Straße fegen zwei Gestalten mit Reisigbesen das Platanenlaub zusammen, Jessica kann das Streichen der Besen auf dem Pflaster hören. Es gibt sonst nichts zu hören. Die alte Frau stößt entschlossen die Blechtür auf, und sie treten ein. Es wird jetzt hell, und der Innenhof hinter der Mauer liegt in einem unwirklichen Licht. Niedrige Holzbaracken reihen sich aneinander, vor einer sitzt eine blonde Prostituierte und dreht sich eine Zigarette, sie trägt ein Nachthemd und grüne Hackenschuhe und sieht aus, als wäre sie gerade aufgestanden. Um Plastikschüsseln mit Essensresten streunen graue Katzen herum, am Drahtnetz, das über den Hof gespannt ist und ihn in einen großen Käfig verwandelt, wächst wilder Wein. Auf der rechten Seite steht ein Neubau aus unverputztem Beton. Die alte Frau steuert die Holzbaracke neben der Baracke der blonden Prostituierten an, und die blonde Prosituierte dreht sich weg, sagt aber vorher etwas zu Jessica. Etwas, das schwer zu verstehen ist. Schwer zu deuten.

Die alte Frau macht die Tür auf und zeigt stumm in die Baracke hinein. Finster, vielleicht steht ein Möbel an der Wand, man kann wenig erkennen. Auf dem Fußboden liegt ein zerrissenes Handtuch.

Jessica sagt, das geht nicht. Ari, das kann ich nicht. Auf gar keinen Fall. Geht gar nicht, es tut mir leid.

Ari sagt, wegen der Nutte oder was.

Jessica sagt, nicht nur wegen der Nutte.

Ari sagt, ich hab's dir gesagt. Das ist Odessa, ich sagte es bereits.

Die Prostituierte zündet sich ihre krumme Zigarette an und gähnt nachsichtig und lächelt. Sie steht auf und verschwindet in ihrem Häuschen und kommt mit einem kanarienvogelgelben Pullover zurück, den sie sich über die nackten Schultern legt. Die alte Frau versucht, Jessicas Blick von der Prostituierten abzulenken, in die Baracke hineinzulenken.

Jessica sagt, nein. Sie schüttelt den Kopf, sie hebt die Hände und sagt, nein. Tut mir leid. Mehrmals.

Die alte Frau zögert, dann dreht sie sich um und geht zum Neubau rüber. Sie zieht an einer Schnur neben der Tür, und im Neubau schrillt eine Glocke. Die alte Frau verschränkt die Arme vor der Brust, starrt etwas an, das zu ihren Füßen liegt, und wartet. Ari sagt, Scheiße. Die Tür geht auf, und eine Dicke in einem samtenen Schlafanzug kommt heraus. Sie schwenkt zeternd einen riesigen Schlüsselbund. Sie stößt die alte Frau beiseite, tritt nach den Katzen und schließt fluchend die anderen Baracken auf, alle nacheinander, jede einzelne. Licht an, Licht aus. Diese hier. Diese nicht? Dann diese. Diese oder dann die. Welche jetzt. Sie deutet auf eine große Plastikbox in der Ecke des Hofes und sieht Jessica an und sagt, Toilette. Sie zeigt Zahlen mit den Fingern, irgendwelche Zahlen. Die Prostituierte hat sich an die Wand ihres Häuschens gelehnt und raucht mit geschlossenen Augen. Die alte Frau hat sich auf einen schmutzigen Plastikstuhl gesetzt und die Hände in den Schoß gelegt.

Komm mal rein, sagt Ari. Sieh's dir wenigstens mal an.

Jessica befürchtet, wenn sie drin ist, wird die Dicke die Tür zuschlagen und sie von außen abschließen. Sie wird sie einsperren.

Wozu?

Wozu auch immer.

Komm rein, sagt Ari.

Diese Baracke ist ein wenig größer als die anderen, und sie hat tatsächlich Licht. In der Ecke steht ein Doppelbett mit einer staubigen Matratze darauf und daneben ein Schrank mit gähnenden Vitrinen, auf dem Schrank sitzt ein gespenstischer Teddybär. Neben dem Bett ein amerikanischer Kühlschrank. Ari macht den Kühlschrank auf, er ist leer und schwarz vor Schimmel. Er macht den Kühlschrank wieder zu und dreht sich zu Jessica um.

Er sagt, also.

Jessica sagt, also das bringe ich nicht. Ich bin zu alt dafür. Wir sind alle beide zu alt dafür, das muss dir doch genauso gehen, du kannst hier doch nicht bleiben wollen.

Sie deutet um sich herum. Sie deutet auf den Bären. Sie versucht, sich vorzustellen, wie sie sich abends mit Ari in dieses Bett legen soll. Wie sie in diesem Bett in ihrem Buch lesen soll. Die Wände sind dünn. Die Prostituierte wird ihren Geschäften nachgehen, sie wird hier nicht die einzige blonde Prostituierte sein. Jessica empfindet dieses Zimmer als eine Strafe, aber anders als Ari sieht sie nicht ein, dass sie bestraft werden soll. Wofür?

Sie sagt, lass uns gehen. Lass uns hier irgendwie rausgehen, ja? Lass uns versuchen, hier wieder rauszukommen, einfach so, ich bitte dich darum.

Die alte Frau sieht von ihrem Stuhl aus zu ihnen hinüber, sie beugt sich ein ganz kleines bisschen vor dabei. Nicht neugierig. Sachlich. Die Dicke flüstert mit der blonden Prostituierten. Sie spuckt auf zwei Finger und wischt an irgendwas auf ihrem Schlafanzug herum. Sie warten alle ab. Ari stemmt sich gegen den Kühlschrank und schiebt den Kühlschrank von der Wand weg zur Tür.

Er sagt, könntest du mir helfen, Jessica. Könntest du dann bitte dein Gehirn einschalten?

Jessica hat keine Ahnung, wie sie helfen soll.

Die Dicke kommt zur Baracke gelaufen, sie kommt rein, sie hebt das Kabel vom Kühlschrank hoch und zeigt es, sie steckt es in eine Steckdose über der Scheuerleiste, sie sagt, funktional. O. k.? Funktional.

Ari sagt, ja, aber darum geht es nicht, der Kühlschrank muss hier raus. Er muss raus.

Er zieht den Stecker wieder aus der Wand und schiebt den Kühlschrank weiter zur Tür, der Kühlschrank bleibt im Türrahmen stecken, und die Dicke hält von außen dagegen. Jessica kann durch das Fenster in den Hof sehen, sie kann sehen, dass die alte Frau zumindest schon mal von ihrem Stuhl aufgestanden ist. Die Morgensonne steckt alles in Brand, und die stumpfen Haare der Prostituierten, die ein Bein über das andere schlägt und sich, die Zigarette im Mundwinkel, ausgiebig an den Fußknöcheln kratzt, glänzen beinahe auf. Ari tritt den Kühlschrank durch die Tür und an der Dicken vorbei in den Hof. Die Dicke schüttelt den Kopf, sie will es nicht glauben; der Ausdruck, mit dem sie Ari ansieht, ist zu verständnislos, um hasserfüllt zu sein, aber lange kann es nicht mehr dauern.

Ari macht die Kühlschranktür auf und deutet hinein. Deutet fünf Sekunden lang hinein. Dann schlägt er die Tür wieder zu und winkt ab.

Worauf wartest du, schreit Ari. Du wolltest hier wieder raus, also komm jetzt einfach, mach schon, Jessica, verdammt nochmal.

Jessica ergreift ihren Rucksack. Einen Moment lang weiß sie nicht, wo ihr Rucksack ist, aber da steht er, und sie packt ihn sich. Sie versucht noch einmal, all das anders zu sehen – die Prostituierte, die Baracken, die Dicke, das Licht, den wilden Wein und den ganzen Morgen noch einmal anders zu sehen, sie weiß, dass das eigentlich geht. Man kann alles auf der Welt fast immer so oder so sehen. Aber hier schafft sie es nicht. Sie schafft es nicht. Sie treten zusammen zurück auf die Straße, Jessica, Ari und die alte Frau, und hinter ihnen fällt die Blechtür schwer ins Schloss. Ari greift in die Hosentasche, holt Geld raus und gibt ihr was, und die alte Frau nimmt das Geld, ohne nachzuzählen, selbstverständlich und so als wäre eine gelungene, anspruchsvolle Vorstellung gelaufen und vorüber. Sie sagt weder danke noch irgendetwas anderes; sie geht zum Bahnhof zurück.

Jessica und Ari gehen in die andere Richtung, in diese Richtung, in der vielleicht das Schwarze Meer liegen wird. Tschornoje morje. Sie drehen sich beide ab und zu um und sehen die alte Frau unter den Platanen auf der Mitte der Straße gehen, frei.

Jessica sagt, was sie wohl denkt.

Sie denkt nichts, sagt Ari. Sie denkt gar nichts, Jessica. Sie geht zurück zum Bahnhof und wartet auf den nächsten Zug, das tut sie. Und das ist alles. Mehr ist nicht.

Er sagt, wir gehen zum Meer runter. Wir finden was Schönes, ich versprech's dir. Ich verspreche es dir.

# RÜCKKEHR

Ricco ist sieben Jahre lang weg gewesen, und nun ist er zurück und möchte, dass ich ihm zuhöre. Das ist nicht unbedingt einfach für mich. Es ist nicht so, dass ich es ihm übelnehme, dass er weggegangen ist, das ist es auf gar keinen Fall. Es war richtig, dass er weggegangen ist. Es ist nur so, dass Ricco, wenn er einmal angefangen hat zu reden, nicht mehr damit aufhören kann – er redet ohne Unterlass und so, als gäbe es kein Morgen. Er redet über sich und die unfassbaren, unglaublichen Dinge, die sich das Leben für ihn ausgedacht hat, er muss sie alle erzählen, und dabei vergisst er, dass es mich gibt. Dass ich auch auf dieser Welt bin und dass ich auch ein Leben habe, dass auch mir etwas passiert, von dem ich irgendwann vielleicht erzählen möchte.

Ich kenne Ricco, seitdem wir Kinder waren. Wir sind in derselben Siedlung groß geworden, in dieselben Schulen gegangen, unsere Mütter haben uns im selben Tonfall am Abend nach Hause gerufen. Aber im Gegensatz zu meinem Vater hat sich Riccos Vater beim Experimentieren in der Werkstatt im Keller selber in die Luft gesprengt, und Ricco war dabei, und seitdem ist er in gewisser Weise verletzt. Das ist kein Geheimnis. Ricco spricht mit jedem darüber, er sagt es so, wie andere Leute sagen, dass sie gerne Muscheln essen oder jeden Sommer an die See fahren. Er sagt, mein Vater ist gestorben, als ich sieben Jahre alt war, er hat sich aus Versehen selber in die Luft gesprengt, und ich war dabei, und seitdem kann ich nicht mehr aufhören, daran zu denken.

Ricco ist jetzt über vierzig Jahre alt.

Wir sind zusammen vom Land in die Stadt gegangen, und wir haben uns in der Stadt nicht aus den Augen verloren. Wenn Ricco im Winter seine Rechnungen nicht bezahlen konnte und sie ihm Strom und Gas abstellten, kam er zu mir, und das war häufig der Fall. Wenn er sehr schweren Liebeskummer hatte, kam er ebenfalls zu mir, und das war genauso häufig der Fall. Es war dramatisch, wenn er Liebeskummer hatte; er weinte ungewöhnlich viel für einen Mann. Er heftete ein drei mal vier Meter großes Stück Packpapier an die Wand seiner Küche und schrieb mit rotem Wachsstift die Worte darauf, die ihn an die Frau, die ihn verlassen hatte, erinnerten, alle möglichen Worte. Straße, Bier, Schlafen, Mitternacht, Mercedes Benz, Autobahnausfahrt, Feuerzeug, Briefmarken, Spaziergang, Weckerklingeln, eisige Kälte, kein Ende in Sicht. Er sagte zu mir, wenn das Stück Packpapier voll wäre, würde er auf der Wand weiterschreiben, aber bevor es so weit kommen konnte, ließ er es wieder sein und widmete sich einer anderen Frau. Es kann sein, dass Ricco das so betrieben hat, weil er sich da auskannte – er kannte sich im Kummer aus, er wollte immer wieder in so einen Kummer und in eine solche Panik geraten, wie er sie als Kind erlebt hatte. Möglicherweise nahm er an, das würde noch einmal etwas ändern.

Als wir jung waren und in der Stadt lebten, haben wir sehr viel getrunken. Ich habe viel getrunken, und Ricco hat doppelt so viel getrunken. Wir waren schwer unterwegs, es lief aus dem Ruder, wir verloren die Übersicht. Es ist irgendwann zu viel geworden. Dann wurde ich schwanger, Ziggy kam auf die Welt, und Ricco ging weg. Er ging von heute auf morgen, ich glaube, er ging, nachdem er ein Auto, das nicht seines war, stockbetrunken und ohne Führerschein vor einer Synagoge parken wollte, und die Polizisten, die die Synagoge bewachten, baten ihn aus dem Auto und stellten ihn an die Wand. Er ging in den Norden und arbeitete in der Fischfabrik und auf den großen Trawlern und schließlich auf den Bohrinseln. Er verdiente viel Geld, mehr, als einer von uns jemals verdient hatte. Er machte sich als Zimmermann selbständig, kaufte sich von dem Geld ein Boot, ein Auto, ein Haus und eine Sofagarnitur, und als er die Sofagarnitur hatte, setzte er sich jeden Abend darauf und rief mich an.

Er sagte, ich bin's. Ricco. Wie geht's?

Ricco kann gut erzählen. Er kann komisch erzählen, er übertreibt an den richtigen Stellen, er springt auf und macht was vor, er imitiert Stimmen und illustriert die Geschichte mit Gesten und mit Kraftausdrücken. Da oben im Norden saß er auf seinem Sofa und hatte die Füße auf seinem Sofatisch und sagte, rate mal, was ich trinke, und ich sagte, keine Ahnung, und er sagte stolz, ich trinke Schokoladenmilch. Er hatte in dieser Zeit in der Fischfabrik, auf den Trawlern, den Bohrinseln mit dem Alkohol aufgehört. Ich sagte, großartig. Und dann holte er Luft und erzählte mir alles. Er erzählte von dem Hubschrauber, mit dem er über die Beringsee geflogen war, und er hatte sich im Hubschrauber immer ganz hinten an die Turbine gesetzt, er sagte, an der Turbine ist es warm, das ist der beste Platz, wenn du frierst und die Müdigkeit dir noch in den Knochen sitzt. Er sagte unsinnigerweise, kennst du das, wenn das Wasser so klar ist, dass du die Wale sehen kannst? Du kannst sie wirklich sehen, ganz weit unten auf dem tiefen Grund des Meeres. Aber noch besser ist es eigentlich, die Augen zuzumachen und gar nicht rauszusehen. Am besten ist es, wenn es reicht, zu wissen, was du sehen könntest, wenn du's sehen wolltest. Verstehst du, was ich meine? Er erzählte von den Bohrinseln, vom Schlaf im Container, den Witzen der Zimmermänner, Frauen und Ficken, Fotzen und Hintern, immer dasselbe, bis der Schlaf sie hart überwältigte, und um die Container herum die ganze Nacht ein sausender, eisiger Wind. Zwölf Stunden Arbeit am Tag. Er sagte, von dem Geld hab ich mir ein Auto gekauft. Einen Chevrolet Suburban. Offroad. Silber. Bisschen älter. V8-Big-Block, 6,5-Liter-Turbodiesel, er sprach jedes Wort einzeln und sorgfältig aus, er setzte hinter jedes Wort einen Punkt. Er machte eindrücklich den Wahnsinnsmotor seines neuen Autos nach, und dann beschrieb er den Blick aus seiner Panoramafensterscheibe raus auf die Schären und den Sund, auf die bunten Boote und das nächtliche Meer.

Er sagte, ich sag dir Bescheid, wenn das Licht vom Leuchtturm hier reinkommt. Warte. Es kommt – jetzt. Und – jetzt. Und – jetzt.

Er sagte, soll ich dir mal was sagen? Ich bin ein glücklicher Mann.

Und dann rief er an und sagte, ich bin einsam. Für diese Leute hier bin ich ein Freak. Diese Leute hier arbeiten für ihre Frau und für ihre Kinder, für ihre Einfamilienhäuser, Familienautos, Familienferienreisen, und sie fragen mich, und du? Wofür arbeitest du. Keine Ahnung, was ich denen sagen soll. Ich habe keine Ahnung. Weißt du, dass wir uns kennen, du und ich, seitdem wir Kinder sind? Wir kannten uns schon, bevor wir erwachsen waren, und etwas daran kommt mir so wichtig vor, ich komm nur nicht genau drauf, was. Es schneit die ganze Zeit. Ich habe ständig das Gefühl, morgen wäre Weihnachten. Komm mich besuchen. Es gibt niemanden, der mich besucht, das kann doch nicht wahr sein. Ich lebe am besten Ort der Welt, und keiner kommt vorbei. Warum ist das so. Kannst du mir mal sagen, warum das so ist? Warum kommst du nicht vorbei?

Und ich fing an und habe versucht zu sagen, dass ich hier mein eigenes Leben zu bewältigen habe, ein Leben ohne Wale und ohne den Sund, aber Ricco hörte gar nicht hin. Das war das Problem – er konnte nicht zuhören. Manchmal legte ich, während er sprach, den Hörer auf den Tisch und ging das Geschirr abwaschen, und wenn ich zurückkam und den Hörer wieder ans Ohr hielt, redete er immer noch über seine Angeln und seinen Nachbarn und die Maglite, die er gerade erstanden hatte, und er hatte noch nicht mal gemerkt, dass ich weg gewesen war. Und im Grunde macht das nichts. Es macht gar nichts. Ich weiß ohnehin, was Ricco mir erzählen will, und ich verstehe, wie er denkt. Es gibt eine seltsame Verbindung zwischen seinem Kopf und meinem Kopf, das ist schon immer so gewesen. Ich merke mir alles, was er sagt, und ich merke mir auch das, was er sagt, während ich das Geschirr abwasche. Er hat mir von dem Mädchen erzählt, das er am Samstagabend in der Stadt angesprochen hat, er hat mir erzählt, wie betrunken sie gewesen ist, zu betrunken, um sich alleine die Schuhe auszuziehen, zu betrunken, um mit ihm ins Bett zu gehen. Und also ist Ricco einfach auf ihrer Bettkante sitzen geblieben und hat sie angesehen, die ganze Nacht lang, bis es draußen hell geworden ist. Als es hell war und sie die Augen aufschlug, saß er immer noch so da, und sie hat gesagt, bleibst du noch ein wenig, und er hat gesagt, klar. Warum nicht?

Würde er mich fragen, weißt du noch, wie oft ihr vor der Wohnung der Schlüssel runtergefallen ist? Dann würde ich sagen, dreimal.

Und würde er sagen, weißt du noch, welche Bluse sie angehabt hat, dann kann ich ihm sagen, dass sie eine weiße Bluse mit Puffärmeln angehabt hat, abgenäht mit einer Stickerei, und dass ihn das an früher erinnert hat, an etwas, das lange her ist.

Ricco sagt, ich will gar nicht ficken. Ich will einfach nur mal berührt werden.

Ich sage, ich weiß.

Und jetzt ist er wieder da. Er hat seine Firma, sein Auto, sein Haus und alle seine Angeln verkauft und ist zurückgekommen. Es war zu einsam da oben. Er hat sich ein neues Haus in der Gegend gekauft, in der wir aufgewachsen sind, ein Haus, nicht weit weg von der Siedlung, in der wir Kinder waren, nicht weit von der Stelle, wo sein Vater beerdigt worden ist. Ricco ist wieder da, er ist zu Besuch gekommen und sitzt den ganzen Abend auf meinem Sofa und starrt Ziggy an, der so groß geworden ist, ein richtiger, wirklicher, großer Junge. Ricco klopft neben sich aufs Sofa und sagt zu Ziggy, komm mal her, und Ziggy ist kein Kind, das man lange bitten muss, er geht einfach zu ihm hin.

Ricco sagt, weißt du, dass ich dich kenne, seitdem du ein Baby bist? Dass ich deine Mama kenne, seitdem sie ein Baby war? Ein dickes, rundes, freundliches Baby?

Ziggy tut höflich so, als ob er sich das vorstellen könnte, und Ricco und ich müssen beide darüber lachen. Wir essen zu dritt zu Abend, und Ricco setzt sich mit dazu, als ich Ziggy vorlese. Ziggy ist acht Jahre alt, er möchte immer noch, dass ich ihm vorlese, und ich hoffe, er möchte das noch eine ganze Weile.

Früher waren die Sätze in Ziggys Büchern einfach. Der Löwe traf den Hasen. Es war einmal ein König. Eines Tages wurde der Bär krank und blieb in seiner Höhle. Nichts leichter als das, sagte die Grille. Nichts leichter als das! Heute sind sie schon erwachsen und komplex. Kalter Wind blies aus Nordosten, ihr Kurs führte nach Norden, das Wasser war eisig, mit nassen Kleidern gingen sie weiter. Ricco hört zu und sieht sich dabei die ganze Zeit in Ziggys Zimmer um. Er sieht sich Ziggys Globus, seine selbstgebaute Titanic aus Pappe, seine kleine Gitarre an. Er sieht sich Ziggys Jahre an.

Ich trinke ein Glas Wein, Ricco trinkt heißes Wasser. Er will mir alles erzählen, von seiner Abreise, von dem Tag, an dem er die Tür seines Hauses am Sund zum letzten Mal hinter sich zugezogen hat, von seinem neuen Haus, seinen Plänen für die kommende Zeit. Er will mir noch einmal von seinem Vater erzählen. Er sieht ganz und gar anders aus als damals, er ist kräftig geworden, und er hat sich aus dem Norden einen beachtlichen Bauch mitgebracht; damals war er schmal und jungenhaft, energetisch irgendwie aufgeladen. Ich will nicht wissen, wie anders ich aussehe.

Ich stehe vom Küchentisch auf und sage, kannst du's mir morgen erzählen? Ich möchte jetzt schlafen gehen. Ich muss morgen arbeiten, und Ziggy muss früh in die Schule.

Ricco sieht erstaunt aus. Er sieht mich an, dann sieht er weg. Er sagt, wo werde ich schlafen, und ich sage, du schläfst in meinem Bett, und ich schlafe in Ziggys Bett.

Ricco legt sich in mein Bett, er lässt das Licht an, und er lässt die Tür sperrangelweit auf. Ich wasche das Geschirr ab und fege die Küche aus. Ich lege mich neben den schlafenden Ziggy, und dann muss ich doch noch mal aufstehen, um das Wasser in Ziggys Goldfischglas auszutauschen, die Fische kommen immer hoch an die Wasseroberfläche, und ich kann dieses Geräusch, mit dem sie nach Luft schnappen, nicht ertragen. Ricco sieht, wie ich mit dem Goldfischglas durch den Flur gehe, und er richtet sich in meinem Bett auf und sagt, was machst du denn da. Was um alles in der Welt machst du da?

Ich bleibe stehen, ich denke, dass das, bei aller Einfachheit, schwer zu erklären ist. Ich möchte sagen, weißt du noch, wie wir, als wir Kinder waren, in den Wald gegangen sind und die langen Stecken der Birken an die Stromleitungen gehalten haben? Wie es dann in uns gesummt hat, ein Summen im ganzen Körper, von den Zehenspitzen bis unter die Kopfhaut, und eigentlich bin ich dieses Summen bis heute nicht wieder losgeworden, das würde ich gerne sagen, aber obwohl ich weiß, was Ricco denkt, weiß Ricco nicht immer, was ich denke. Im Flur ist das Licht schon aus, und die beiden Fische im Glas zwischen meinen Händen schimmern wie Blattgold.

# KREUZUNGEN

Sie sagt es Vito beim Frühstück. Sie müsste es nicht sagen, es ist eine Sache, die sie für sich behalten könnte, es ist unwahrscheinlich, dass Vito und Andre sich über den Weg laufen werden. Dass Andre sagen könnte, hör mal, Vito. Patricia hat mich angerufen, um sich bei mir über meine Mieter zu beschweren, und ich hab ihr gesagt, wenn ihr meine Mieter nicht passen, muss sie das Haus kaufen, ich hab zu Patricia gesagt, kauf das Haus doch, hat sie dir das nicht erzählt? Unwahrscheinlich, dass es eine solche Begegnung geben wird. Also könnte sie Vito das Gespräch mit Andre verschweigen, sie müsste kein Wort darüber verlieren. Warum sagt sie trotzdem was. Warum sagt sie, ich hab mit Andre telefoniert. Ich hab ihn angerufen, um ihm die Situation zu schildern, und stattdessen hat er mir seine Situation geschildert, er hat mir eine halbe Stunde sein elendes, ödes Leid geklagt, und ganz am Ende, kurz vor Schluss, als ich schon fast vom Stuhl gerutscht war vor Langeweile und Überdruss, hat er gesagt, er würde das Haus auch verkaufen. Tut mir leid, ich müsste schon bisschen was für nehmen. Das hat er gesagt.

Sie sagt es Vito beim Frühstück, morgens um acht an einem Samstag, sie sitzen einander am Küchentisch gegenüber, Patricia hat die Tischplatte derart saubergescheuert und -geschrubbt, dass das Holz silbrig und samtig wirkt, ein Holz wie ein stumpfer Spiegel. Vito ist früh aufgestanden und rausgegangen, um die Zeitung zu kaufen, er hat zwei Eier gekocht und den Tee auf das Stövchen gestellt, das Radio angemacht und nach drei Sekunden gesagt, ich mach es doch lieber wieder aus, Pat, lass mich das gottverfluchte verfickte Radio ausmachen, er hat das Radio wieder ausgemacht. Jetzt schneidet er Brot. Er hört Patricia zu, mit einem Ausdruck der Ruhe und Freundlichkeit, den er sehr selten hat.

Patricia sagt, Andre ist krank, er macht es nicht mehr lange.

Sie denkt, jeder einzelne Satz, den ich denke, ist ein Abgrund. Sage ich es so, oder sage ich es anders, oder sage ich es am besten einfach gar nicht. Blaugrau? Oder Graublau. Ich müsste nicht nur jedes Wort auf die Waagschale legen, ich müsste jede Silbe auf die Waagschale legen, einzelne Buchstaben, den Atem, den ich holen muss, um zu sprechen, den Schlaf den ich brauche, um denken zu können. Wie gefährlich dieses Leben plötzlich wieder werden kann.

Sie sagt, also Folgendes – Andre macht es nicht mehr lange. Er braucht Geld für Medikamente. Er wird sterben. Ihm ist deshalb auch alles so ziemlich scheißegal. Er stirbt.

Andre ist vor einem Jahr aus dem Haus nebenan ausgezogen. Er ist irgendwo hingezogen, wo ein Krankenhaus in der Nähe ist, Kardiologen, Ultraschallgeräte, Osteopathen, in den mittleren Jahren ziehst du in ein Haus am Waldrand, wenn du alt bist, gibt es andere Prioritäten. Großer, fetter Mann mit einer gebrochenen Nase und zu langen Armen, Patricia sieht ihn vor sich, wie er die Wiese zum Wald runterläuft, um seinen Zaun zu kontrollieren, ein melancholischer Affe in einem roten Overall, und er ruft über die Schulter, er ruft, sag deinem Typen, er soll nicht ständig die Äste aus dem Zaun holen und in euren Ofen schmeißen, der Zaun lebt, die Äste gehören in den Zaun, und sie sieht Vito, der Andre hinter dessen Rücken den Mittelfinger zeigt. Keine Bindungen. Sie sind nie drüben gewesen, sie haben Andre nie ins Haus gebeten, Gespräche nur über den Zaun hinweg oder im Herbst beim Laubfegen auf der Straße, an der Grundstücksgrenze, auf Abstand bedacht. Am Ende hatte er plötzlich eine chinesische Frau, irgendwo hergeholt, aus dem Katalog oder vom Flughafen, eine Chinesin mit einem Hund ohne Fell, der in der Mittagshitze mit Sonnenmilch eingerieben werden musste, ein Anblick, bei dem Vito, wie er mehrfach sagte, das Kotzen kam. Dann zogen sie weg, und Andre vermietete das Haus, und die Asozialen zogen ein.

Weißt du, dass deren Sohn bei uns eingebrochen ist, hatte Patricia am Telefon zu Andre gesagt, zu Andre wo auch immer, in irgendeiner Peripherie einer anderen Stadt, die Verbindung war schlecht gewesen, ein Gurgeln in der Leitung, als tauche Andre das Telefon ab und an in einen Eimer Wasser, um es anschließend kräftig auszuschütteln, dann wieder hineinzuschreien. Steven Gonzales Soderberg. Er ist in unser Haus eingestiegen. Das ist ein unhaltbarer Zustand, kannst du dir das vorstellen?

Sie waren eine Woche weg gewesen, und als sie wiederkamen, gegen Mitternacht zurück nach Hause kamen, trat Vito im Windfang auf Glas, bevor er das Licht angeschaltet hatte. Das Seitenfenster war erst eingeschlagen und dann aufgebrochen worden, und die Tür zum Flur stand offen, und im ganzen Haus waren die Dinge von oben nach unten gekehrt worden, war das Innerste der Dinge nach außen geholt worden. Zerfetzte Polster und Kissen, Gestöber von Bettfedern, Bilder von der Wand und aus den Rahmen gerissen, als würde man in diesen Zeiten noch sein Geld hinter Radierungen verstecken. Es gab auch Installationen, Fotografien von Patricia, von Pat in ihren jungen Jahren, dieses verschlossene Gesicht, das sie auch heute noch manchmal hat, nur weist die Verschlossenheit in eine ganz andere Richtung, nicht mehr in eine mögliche Offenbarung hinein; Fotografien von Pat jedenfalls in ihren jungen Jahren auf dem Fußboden ihres Arbeitszimmers ausgebreitet, und der Tisch vor der Tapetentür, hinter der gar nichts ist, nur der staubige Dachboden, war nicht umgeworfen, nicht mit einem Fußtritt einfach umgestoßen, sondern behutsam beiseitegestellt. Und trotzdem Alkohol und Zuckersirup ausgeschüttet, Regale umgekippt und Stühle zusammengetreten, das ganze Programm außer Fäkalien auf dem Küchentisch, und es war spürbar gewesen, dass einer alleine im Haus gewesen war, einer mit Zeit, einer, der sich möglicherweise eine ganze Weile lang in Patricias und

Vitos Küche gesetzt und sich vorgestellt hatte, wie es wäre, jemand anders zu sein.

Die Asozialen waren mit Koffern eingezogen, nicht mit einem Möbelwagen, nur mit Koffern, Andre hatte das Haus möbliert vermietet, und vermutlich hatten sie auch gar keine Möbel, keine Habe und keinen Besitz. Eine Frau mit vier Kindern, drei Mädchen und ein halbwüchsiger Junge, und es gab auch einen Vater dazu, der in der ersten Woche nach einer unfassbaren Schreierei von der Polizei abgeholt worden war, und offensichtlich war es nicht die Frau, die die Polizei gerufen hatte, sondern eines der Mädchen, das größte Mädchen, eine magere, gekrümmte Gestalt in einem Schlafanzug, die im Morgengrauen auf der Straße stand und dem davonrollenden Polizeiwagen mit ihrem Vater darin Verwünschungen hinterherrief, bis er um die Ecke gebogen war. Die Asozialen vermüllten den Garten innerhalb kürzester Zeit, sie schmissen das Mobiliar aus den Fenstern und besorgten sich drei Katzen und einen großen Hund, sie warfen die Kreissäge an, ohne etwas zu zersägen, und die Säge kreischte sinnlos in den stillen Nachmittag hinein. Patricia hatte keine Schwierigkeiten mit dem Müll und der Schreierei und der Säge. Sie hatte Schwierigkeiten mit dem Ausdruck der

Frau, wenn sie sie vor dem Haus darauf warten sah, dass der Hund sein Geschäft erledigt hatte, dieser Ausdruck im aufgeschwemmten Gesicht der Frau, träumerisch von Medikamenten, zufrieden und in sich selbst versunken. Waren die Kinder in den Schulbus gestiegen, kam an manchen Tagen der Vater zurück, in einer straffen, extremen Haltung, und selbstverständlich machten sie die Fenster nicht zu, es war alles zur hören. Tiere. Der Halbwüchsige, Steven Gonzales, stand nachts rauchend und mit dem Rücken zum Haus unter der Straßenlaterne. Er fuhr mit dem Rad vor dem Gartentor Achten, Stunden über Stunden. Grüßte nicht. Hob nicht mal die Hand, aber Patricia wusste, dass er hinsah, und sie wusste, dass er mal ein kluges Kind gewesen war.

Weißt du, dass deren Sohn bei uns eingebrochen ist, hatte Patricia Andre am Telefon gefragt, und Andre hatte erstaunlicherweise gesagt, jaja, das weiß ich, das hat man mir berichtet, und Patricia hatte einen Moment lang nicht gewusst, was sie dazu sagen sollte, das hat man mir berichtet, wer hat dir das berichtet, und wenn du's weißt, wie kannst du das ignorieren?

Sie hatte gesagt, diese Leute müssen weg. Ich sag's dir mit Vitos Worten, es ist das, was Vito meint, die

Leute müssen weg, das sind nicht meine Worte, aber es ist das, was ich denke. Es ist das, was ich will. Es ist eine Frage der Zeit, verstehst du, das nächste Mal kommt der rüber, wenn wir da sind, ich wage es nicht mehr, alleine zum See runterzugehen, ich wage mich nach Einbruch der Dunkelheit nicht mehr alleine in den Garten raus. Das ist kein Zustand. Kannst du mir folgen?

Sie hatte zum ersten Mal in ihrem Leben die Polizei angerufen. Sie hatte die Polizei gerufen, und die Polizei war gekommen, nachts um zwei, eine hünenhafte Polizistin und ein verschlafener, kümmerlicher Polizist, und sie hatten Fingerabdrücke genommen und alles aufgeschrieben und abfotografiert. Um drei Uhr in der Nacht hatte es an der Tür geklingelt, und es war die Frau von nebenan gewesen, und sie hatte mit einer triumphierenden Stimme gesagt, das war mein Sohn, mein Sohn war das gewesen, Steven Gonzales Soderberg, und ich werde mit ihm nicht mehr fertig. Sie hatte den Namen ihres Sohnes so feierlich ausgesprochen, als handele es sich um eine Kostbarkeit, als handele es sich um ein seltenes und wunderbares Exemplar einer eigentlich ausgestorbenen Art. Der Polizist hatte das Formular für die Anzeige auf den Küchentisch gelegt, und Patricia hatte gesagt, darf ich bitte eine Nacht darüber schlafen, ich muss darüber nachdenken, ich muss nachdenken; er hatte sie angesehen wie eine, der wirklich nicht zu helfen ist.

Worüber müssen Sie nachdenken. Über Steven Gonzales?

Ja, über Steven Gonzales. Über Steven Gonzales Soderberg, verdammt nochmal, hatte Patricia gesagt. Ich muss über ihn nachdenken, ich hab noch nie jemanden angezeigt, ich möchte nicht dafür verantwortlich sein, dass er im Knast in den Arsch gefickt wird, wenn Sie verstehen, was ich meine, ihr war extrem heiß geworden, sie hatte an dem Polizisten vorbei Vito beobachtet, wie er die Frau zur Tür brachte, wie er auf Abstand bedacht die Frau zur Tür schob. Die Frau hatte einen organischen Geruch in der Küche hinterlassen, der seitdem nicht mehr wegzukriegen gewesen war. Am Ende hatte Patricia Anzeige erstattet. Natürlich hatte sie Anzeige erstattet, sie hatte aufgeschrieben und unterschrieben, dass sie Steven Gonzales Soderberg vor dem Richter sehen wollte, sie hatte jeden einzelnen Buchstaben seines Namens auf die Waagschale gelegt. Sechzehn Jahre alt. Abstehende Ohren, schlechtgeschnittene Haare, Augenringe, unsteter Blick. Drahtig. Keine Perspektive, nirgendwo.

Andres Stimme am Telefon. Klagend, ein Singsang. Er würde diese Leute da nicht rausbekommen. Keiner sei unglücklicher über die Lage als er. Er habe das Haus möbliert vermietet, kein Möbelstück sei mehr heil, sämtliche Gartengeräte weg, sicherlich vertickt, die elektrische Baumschere, der Rasenmäher, die Bohrmaschinen. Die Messersammlung, ein Koffer voller chinesischer Messer, und wer wird die wohl haben? Na? Wer hat die wohl? Dreimal könne Patricia raten.

Er sagte, dreimal kannst du raten. Nichts kann man da tun, gar nichts. Ich krieg sie nicht raus, wenn sie weg sollen, müsst ihr das Haus kaufen, bei Eigentümerwechsel kann man sie rausschmeißen. Ich müsste nur leider bisschen was für nehmen. Das Dach und die Heizung. Du weißt schon. Kommt er denn vor den Richter? Kommt er denn nicht sowieso weg?

Nein, er kommt nicht vor den Richter, hatte Patricia gesagt. Natürlich nicht. Der Einbruch kommt in sein Register, er ist sechzehn Jahre alt, da kann man gar nichts machen. Wenn er mir den Schädel eingeschlagen hat, als Rache dafür, dass ich ihn angezeigt habe – dann kommt er vor den Richter. Dann kommt er vor den Richter, und Andre am anderen Ende der Leitung hatte dröhnend und geziert zugleich darüber gelacht.

Patricia sieht Vito zu, wie er die Teekanne aufs Stövchen zurückstellt, den Henkel der Kanne sorgfältig zu ihr hindreht. Sie sitzt so da, sie hat keinen Hunger, sie ist nicht müde und nicht wach, sie ist für einen Moment in einem Schwebezustand, etwas Leichtes, Klingendes, wie kurz vor einer Erkenntnis Stehendes.

Vito sagt ruhig, das ist alternativlos, Patricia. Wir kaufen das Haus, und wir müssen das schnell machen, bevor der Idiot Andre plötzlich aus dem Knick kommt und mehr Geld haben will. Da gibt es nichts zu überlegen, das ist geradezu ein Glücksgriff. Stell dir den Garten vor, sieh dir das mal von oben an. Das Haus ist groß. Die Scheune ist riesig.

Ich möchte mir das aber überlegen, sagt Patricia. Ich muss mich konzentrieren, ich möchte das moralisch verantworten können. Die müssen ja irgendwohin, diese Leute müssen irgendeinen Platz haben, ich will sie nicht als Nachbarn, aber ich will auch nicht, dass sie auf der Straße landen.

Moral zählt hier aber nicht, sagt Vito. Kannst du vergessen, deine schwachsinnige Moral, und Leute wie diese finden immer einen Platz. Du musst das ganze Haus ausräuchern, wenn sie weg sind, vom Keller bis zum Dachboden ausräuchern, darüber kannst du dir schon mal Gedanken machen. Sonst über gar nichts. Ruf Andre an. Sag ihm, wir kaufen das Haus. Wir kaufen sein Haus noch heute.

Patricia sagt nichts. Sie sieht über den Tisch hinweg an Vito vorbei durch den Raum, der Linoleumfußboden glänzt wie ein Wasser, die Sonne ist jetzt über die Bäume gestiegen, das Sonnenlicht fällt schräg in den Erker, auf den Tisch im Erker, auf die Blumen in der Vase auf dem Tisch; Gott zeigt sich in Vitos Rücken, schweigend und nachdrücklich, im tiefen Blau der Hyazinthen.

## MUTTER

Halbschlaf, schrieb meine Mutter in ihr Tagebuch, ich liege im Halbschlaf auf dem Rücken und seh mein Leben vor mir hergehen, Abfolge von Tagen, die von Jahr zu Jahr schneller vorüber sein werden. Wenn ich nachts um drei im Halbschlaf auf dem Rücken mein Leben vor mir hergehen sehe, verliere ich die Lust und die Zuversicht. Und morgen? Sieht die Welt anders aus.

Sie war zwanzig, als sie das in ihr Tagebuch schrieb, ordentlich und sorgfältig in ihrer – dann bis ins Alter hinein – mädchenhaften Schrift. Ich war fünfzehn, als ich dieses Tagebuch las, zufällig und heimlich, und als ich die Seite umblätterte, stand auf der nächsten nur ein einziger Satz, mit rotem Stift und quer über das Papier geschrieben, dieser Satz in großen und wie empörten Buchstaben – ich habe Angst.

Ich schlug das Buch zu, ich ließ es beinahe fallen, als hätte ich mich daran verbrannt.

Meine Mutter ist in der Stadt groß geworden, in einer stillen Straße mit Platanen, einer langen Reihe gleicher Mietskasernen, sie wuchs mit ihrer Mutter und zwei älteren Brüdern in einer Zweizimmerwohnung auf, sie spielte auf den Hinterhöfen, die endlos ineinander übergingen, in den Waschküchen und auf den Dachböden. Ihre beste Freundin hieß Margo Rubinstein, und meine Mutter und Margo Rubinstein führten zusammen ein gelbes Heft, in dem sie die Facetten ihrer Persönlichkeiten notierten, der Persönlichkeiten, die sie waren, und der Persönlichkeiten, die sie sein würden oder sein könnten.

Du bist, schrieb Margo in Stichpunkten, klein und zierlich, schmaler Mund und Sommersprossen unter Puder, Haare kurz wie Audrey in »Ein Herz und eine Krone«, vielleicht lackschwarz. Etwas schweigsam, aber klug, Vorliebe für Fremdwörter, du liest Zeitung! Liebst Angorawollpullover, Bergamotteparfüm und Ketten aus Bakelit. Träge Bewegungen, Ausdruck reizvoll verschlafen, leichter Silberblick, bisschen abstehende Ohren?

Meine Mutter war ein kräftiges Mädchen mit langen braunen Haaren, die sie zu einem Zopf geflochten auf dem Kopf festgesteckt trug. Ihr Ausdruck war wach, schüchtern, freundlich und eigensinnig. Sie schrieb, du bist so groß wie meine

Brüder, Haare gelockt, kinnlang und platinblond, grasgrüne Augen, Wimpern wie Porzellanpuppe und unbedingt rauchen, Senoussi Orient mit Bernsteinzigarettenspitze. Negligé, Samtpantoffeln mit Pompons und die Fußnägel in Koralle lackiert. Lachen wie Glockenspiel! Unverschämt, eine Herzensbrecherin.

Sie schrieben diese Sätze im Zimmer von Margos Mutter in ihr gelbes Heft. Das Zimmer von Margos Mutter war kühl und dämmrig, das Fenster immer einen Spaltbreit offen, und der Vorhang ging im Wind, veränderte das Licht. An der Wand stand ein breites Bett mit einer glänzenden Steppdecke darauf, dem Bett gegenüber ein Schminktisch mit einem ovalen Spiegel, im Kleiderschrank drängten sich Pelze und Röcke aus Tüll, in der Luft hing ein schwacher Duft nach Sandelholz, Pfeffer und Vetiver. Es war strengstens verboten, dieses Zimmer zu betreten. Margo und meine Mutter schrieben ihre Sätze heimlich und hastig in ihr Heft, bäuchlings auf einem Teppich liegend, auf dem Löwen Gazellen erjagten. Sie zogen die Fransen des Teppichs gerade, bevor sie das Zimmer auf Zehenspitzen wieder verließen, sie legten ein Lineal an die Fransen, sie schoben den Vorhang einen Millimeter nach rechts und wieder zurück.

Sie schrieben, du wirst glücklich sein. Du wirst sehr, sehr viel Geld haben. Du wirst weit weg gehen, nach Amerika oder nach Australien, du wirst ein reiches Leben haben.

Meine Mutter schloss mit sechzehn Jahren die Schule ab und begann, für die Stadtverwaltung zu arbeiten. Sie heiratete meinen Vater gegen den Willen ihrer Familie, als sie zwanzig war, und sie zog mit ihm in eine Wohnung, die von der Wohnung, in der sie groß geworden war, zwei Häuser entfernt lag. Sie bekam fünf Kinder, ausschließlich Mädchen. Margo Rubinstein wurde Krankenschwester. Sie begann ein Verhältnis mit einem Arzt und zog aus der Wohnung ihrer Mutter in ein Schwesternheim, das Verhältnis mit dem Arzt hielt drei Jahre lang, dann war es vorüber, und Margo zog zurück zu ihrer Mutter. Sie kam uns ein- oder zweimal im Monat besuchen, eine knochige alte Jungfer in einem Pelzmantel, der nach Staub und Mottenkugeln roch, und sie ließ sich diesen Mantel von meinem Vater auf eine Art von den Schultern nehmen, die mich verlegen machte. Unter dem Mantel trug sie Kleider aus Cord und dazu Perlenketten, kleine Broschen in Form von Katzenköpfen mit roten, fiebrigen Katzenaugen aus Granat. Sie trank mit meiner Mutter Tee, und sie hatte immer einen ratlosen und entschuldigenden Ausdruck im Gesicht, einen Ausdruck zwischen Verlegenheit und Ironie, so als wolle sie sagen, sie wisse schon, dass alles schiefgegangen sei, obwohl es gar nicht schief hätte gehen müssen. Sie wisse und bedauere das selbst. Ihre Augen waren kreisrund, tiefbraun und mit schwarzem Kajal ummalt. Ihr rechter Vorderzahn schien im Lauf der Jahre länger und länger zu werden, er klapperte gegen die Tasse, wenn sie trank, und ich musste wegsehen. Meine Mutter hatte uns erzählt, dass Margo Rubinstein immer die Erste gewesen war, die zum Tanz aufgefordert wurde. Die Allererste, und sie war ihre ganze Jugend über von einem Schwarm von Jungen verfolgt gewesen, sie hatte, sagte meine Mutter, eine einzigartige Weise gehabt, den Kopf über die Schulter hinweg nach hinten zu drehen und zu sehen, wer ihr da hinterherlief, und dann wieder wegzusehen und ein kleines Lächeln preiszugeben, ein geheimnisvolles, desinteressiertes, wunderbares Lächeln. Margo Rubinstein redete so langsam, als stünde sie unter dem Einfluss von Schlaftabletten, und ihre Hände waren bleich und schmal und kalt. Meine Mutter saß in einer Haltung mit ihr zusammen am Tisch, die keine Albernheiten und keine Frechheiten duldete, wenn ihr unser Starren und Kichern zu viel wurde, stand sie auf und schob uns aus der Tür.

An Margos Geburtstag ging meine Mutter sie besuchen. Sie kam gegen zehn Uhr zurück und erzählte auf unser Nachfragen, sie hätte mit Margo und ihrer Mutter zu Abend gegessen und anschließend hätten sie sich gemeinsam die Nachrichten im Fernsehen angeschaut. Eine Geburtstagsfeier, die uns sprachlos machte, von der wir immer und immer wieder hören wollten – wie konnte das sein. Margo Rubinstein glich den Gestalten aus Büchern, die wir lasen, traurige alte Mädchen, die mit ihren Müttern zusammenlebten und auf Erlösung hofften. Wie ist ihre Mutter? Frau Rubinstein, wie ist sie? Wir fragten unsere Mutter das, und sie antwortete, Margos Mutter ist böse, aber das ändert nichts daran, dass sie Margos Mutter ist.

Margo Rubinstein starb im Alter von fünfzig Jahren, unverheiratet und kinderlos, sie starb an Krebs. Sie hatte bis zuletzt bei ihrer Mutter gewohnt und sich um ihre Mutter gekümmert, als sie starb, übernahm meine Mutter diese Aufgabe. Ich weiß nicht, was Margos Tod für meine Mutter bedeutet hat. Ich habe keine Erinnerung an ihren Kummer, und ich meine, nie mit ihr darüber gesprochen zu haben. Margo Rubinstein verschwand aus unserem Leben, und statt ihrer kümmerte sich meine Mutter um Frau Rubinstein, sie tat das jahrelang, und sie nannte Margos Mutter niemals anders als in ihrer Kindheit, sie nannte sie nie beim Vornamen, und sie blieb dabei, sie zu siezen. Der Name Frau Rubinstein bekam in unserer Familie den Charakter eines Synonyms. Meine Mutter ging nach ihrer Arbeit in der Stadtverwaltung zu Frau Rubinstein, an drei frühen Abenden in der Woche; einmal habe ich sie dort abgeholt. Frau Rubinstein saß in ihrem Wohnzimmer auf einem Sessel vor dem Fernseher. Sie war sorgfältig frisiert, ihre Haare violett getönt, sie trug eine gebügelte Bluse und eine wollene Decke über den Knien, auf der ihre Hände hin und her glitten, nach etwas nicht Sichtbarem tasteten. Sie war in eine Verkaufssendung versunken, und ich konnte mir in Ruhe ihr Schlafzimmer ansehen, den Spiegel, in dessen Oval sich meine Mutter und Margo vor vierzig Jahren betrachtet hatten, ich konnte an den Fransen des Teppichs ziehen, auf dem die Löwen die Gazellen erlegten. Margos Zimmer war auch nach ihrem Tod unverändert geblieben. Ein Mädchenzimmer. Ein schmales Schrankbett und ein Bücherregal und auf dem Nachttisch ein Kardinalvogel aus Porzellan. Meine Mutter wischte auf allen vieren die Küche. Es klingelte an der Tür, und die Caritas brachte das Abendessen, Brot und Wurst und Käse, mach ihr einen Pfefferminztee, rief meine Mutter aus dem

Bad, und das tat ich, und ich stellte alles vor Frau Rubinstein hin. Ich fragte sie, ob sie alleine essen wolle oder ob ich ihr Gesellschaft leisten solle, und sie sagte in einem Tonfall, das sei ihr absolut egal, den ich bis heute nicht vergessen habe. Ich setzte mich zu ihr, weil es ihr absolut egal war, ob sie alleine oder in Gesellschaft aß, und ich sah zu, wie sie Brot, Wurst und Käse verschlang, gleichgültig und ohne Appetit, ohne eine Regung. Sie trank den Pfefferminztee und wandte den Blick nicht vom Fernseher ab, und dann begann sie zu weinen, und als ich mit meiner Mutter später darüber sprach, sagte meine Mutter, sie weint um Margo, sie weint um ihr einziges Kind.

Meine Mutter schob den Staubsauger durch Margos Zimmer, sie zog die Tagesdecke auf dem Schrankbett glatt und rückte den Kardinalvogel zurecht, und dann hängte sie die gewaschenen Geschirrhandtücher auf dem Balkon auf und goss die Geranien. Sie wusch die Pfefferminzteetasse ab und stellte das Geschirr für die Caritas in den Flur. Sie sprach währenddessen mit Frau Rubinstein, sie erzählte dieses und jenes, sachlich, aber mit Fürsorge in der Stimme, mit Wärme. Sie sagte, machen Sie nicht so lange, Frau Rubinstein. Und weinen Sie nicht so viel. Gehen Sie früh schlafen. Schlaf lindert alles. Bis morgen. Morgen komme ich wieder.

Am Ende konnte Frau Rubinstein nicht mehr alleine leben. Sie war fast blind und hörte kaum noch etwas, sie stürzte, kam nicht mehr alleine hoch und konnte der Caritas nicht mehr die Tür aufmachen. Von irgendwoher tauchte ein Neffe dritten Grades auf, nahm die Dinge in die Hand und schaffte Frau Rubinstein ins Heim. Er löste in Windeseile die Wohnung auf und gestattete meiner Mutter, kurz vor der Schlüsselübergabe noch einmal vorbeizukommen und sich unter den Sachen, die er noch nicht verkauft hatte, etwas Kleines auszusuchen. Wir begleiteten unsere Mutter. Wir standen im Keller um einen Pappkarton herum, in dem die Schlittschuhe lagen, auf denen Margo Rubinstein als junges Mädchen im Winter auf dem zugefrorenen See graziöse Pirouetten gedreht hatte, mit dieser unnachahmlichen Art, sich über die Schulter hinweg umzusehen. Es war schwer zu ertragen. Ich kann mich nicht daran erinnern, ob wir irgendetwas mitgenommen haben, ob meine Mutter irgendetwas mitgenommen hat. Ich nehme an, sie hat das gelbe Heft gesucht, sie hat es nicht gefunden.

Nach der Wohnungsauflösung, in Frau Rubinsteins ersten Wochen im Heim, unternahm meine Mutter mit meinem Vater zusammen eine längere Reise. Sie waren vier Wochen weg, dann kamen sie wieder, meine Mutter musste arbeiten, sie hatte dieses und jenes zu tun, es vergingen vielleicht zwei Monate, bis sie die Zeit fand, Frau Rubinstein gemeinsam mit meinem Vater im Heim zu besuchen. Es war ungewöhnlich, dass meine Mutter meinen Vater zu diesem Anlass mitnahm, möglicherweise hat sie sich doch ein wenig gefürchtet, sich diesen Besuch alleine nicht zugetraut. Das Heim hatte einen großzügigen, hellen Aufenthaltsraum, in dem Senioren an runden Tischen saßen und flüsternd Patiencen legten, es gab eine freundliche Rezeption, ein beeindruckendes Aquarium und einen Wintergarten voller Bambus und Agaven. Meine Mutter und mein Vater liefen vom Aufenthaltsraum in den Wintergarten, zur Rezeption und zurück, Frau Rubinstein war nicht zu sehen, das Zimmer, das man ihr zugewiesen hatte, leer. Bei der Suche nach Frau Rubinstein kamen meine Mutter und mein Vater immer wieder an einer Gestalt vorüber, die vor dem Windfang in einem Rollstuhl saß, ein Wesen in einem Rollstuhl, und als sie das fünfte Mal daran vorüberliefen, hielt mein Vater meine Mutter am Arm fest und sagte leise, das ist sie doch. Das ist die Frau Rubinstein.

Nein, sagte meine Mutter entschlossen, das ist sie nicht. Das ist sie ganz sicher nicht.

Das Wesen im Rollstuhl war ein welkes Blatt. Ein

lebender Leichnam, winzig und verblichen, fast erloschen, und das ungekämmte rauchfarbene Haar stand wie ein struppiges Fell um den Totenschädel herum. Aber meine Mutter fasste sich ein Herz und sprach sie an. Sie nahm eine gespenstisch leichte Hand in ihre große, warme Hand und sprach sie an, und dann drehte sie sich zu meinem Vater um und sagte, oh, du hast recht, das ist sie doch.

Frau Rubinstein starb kurze Zeit darauf, sie wurde neben ihrer Tochter beigesetzt, und meine Mutter kehrte von dieser Beerdigung fast heiter nach Hause zurück. Und viele Jahre danach teilte sie uns mit, dass sie die Nachricht vom Tod des Neffen dritten Grades erreicht hätte, die Tochter des Neffen hätte ihr eine Todesanzeige geschickt, er sei nach kurzer, schwerer Krankheit verstorben. Meine Schwestern und mich machte diese Information erst ratlos und dann zornig. Was hatte Frau Rubinsteins Neffe dritten Grades und dessen Tochter mit unserer Mutter zu tun, wir fragten sie das, kannst du uns mal sagen, was diese Leute mit dir zu tun haben und warum sie dir ihre Todesanzeigen schicken? Warum behelligen sie dich damit, wozu sollst du das wissen.

Aber meine Mutter ging über diese Fragen hinweg. Sie hielt diese Fragen sehr offensichtlich nicht für der Rede wert. Sie wechselte das Thema und ging zu etwas anderem über; sie schien zu wissen, dachte ich später, dass sich Fragen dieser Art über kurz oder lang ohnehin und von allein beantworten.

Sie weiß es.

# INHALT

Kohlen . . . . . . . . . . . . . . .   7
Fetisch . . . . . . . . . . . . . .  13
Solaris . . . . . . . . . . . . . .  25
Gedichte . . . . . . . . . . . . .  35
Lettipark . . . . . . . . . . . . .  43
Zeugen . . . . . . . . . . . . . .  52
Papierflieger . . . . . . . . . . .  63
Inseln . . . . . . . . . . . . . . .  74
Pappelpollen . . . . . . . . . . .  84
Manche Erinnerungen . . . . .  94
Gehirn . . . . . . . . . . . . . . 110
Brief . . . . . . . . . . . . . . . 122
Träume . . . . . . . . . . . . . . 129
Osten . . . . . . . . . . . . . . . 141
Rückkehr . . . . . . . . . . . . 153
Kreuzungen . . . . . . . . . . . 164
Mutter . . . . . . . . . . . . . . 176